ERZÄHLUNG

Ursula Fuchs
Wiebke und Paul

Ursula Fuchs

Ursula Fuchs, in Münster/Westfalen geboren, lebt heute mit ihrer Familie in Darmstadt. Sie schreibt Erzählungen, Kurzgeschichten, Hörfunk- und Fernsehsendungen für Kinder und Jugendliche.
Die Kurklinik „Haus Burgwald", die in „Wiebke und Paul" beschrieben wird, existiert wirklich. Ursula Fuchs hat sich dort sehr genau über die Patienten und das Leben in der Klinik, über die Therapien für die Kranken und die Seminare für die Angehörigen informiert.

Von Ursula Fuchs sind in den Ravensburger Taschenbüchern außerdem erschienen:

RTB 1916
Charlotte.
Einfach nur Charlotte

RTB 2001
Das große Buch vom kleinen grünen Drachen

RTB 2032
Mein Hund Mingo

Wiebke und Paul

Janina Schneider
Am Wäldchen 6a
45731 Waltrop
Tel. 02309/70712

RAVENSBURGER BUCHVERLAG

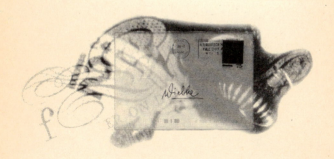

Mit Bildern von Susanne Haberer

Lizenzausgabe
als Ravensburger Taschenbuch
Band 2048,
erschienen 1996
Erstmals in den Ravensburger
Taschenbüchern erschienen 1989
(als RTB 1724)

Die Originalausgabe erschien 1982
im Anrich Verlag GmbH, Kevelaer
© 1982 Anrich Verlag

Umschlagillustration: Marlies Scharff-Kniemeyer

 RTB-Reihenkonzeption:
Heinrich Paravicini, Jens Schmidt

**Alle Rechte dieser Ausgabe
vorbehalten durch
Ravensburger Buchverlag**

Gesamtherstellung: Ebner Ulm
Printed in Germany

6 5 4 3 2 1   01 00 99 98 97 96

ISBN 3-473-52048-9

ERZÄHLUNG

Für Haus Burgwald

1 Wiebke

Es schneit. In kleinen, dünnen Flocken. Der Wind wirft sie gegen die Fensterscheibe von Wiebkes Zimmer. In der linken Ecke des Holzrahmens wächst ein runder weißer Berg. Wiebke hockt im Schlafanzug in ihrem Bett, die Knie hochgezogen. Bis zum Kinn mit dem Oberbett zugedeckt. Nur die rechte Hand streckt sie unter dem Kissen heraus. In der Hand hält sie ein Buch. Das heißt „Der Zauberstab"!

Sie ist schon auf Seite 76 und hat das Buch erst am Morgen um neun Uhr angefangen. Jetzt ist es elf Uhr. Wenn sie so weiterliest, hat sie es bis um zwölf Uhr ausgelesen. Das wünscht Wiebke sich. Neben ihr auf dem Bett liegt nämlich die Fortsetzung vom „Zauberstab".

Ab und zu nimmt sie das Buch in die linke Hand und stopft die rechte unters Kissen. Es ist kalt in ihrem Zimmer. Am Fenster sind Eisblumen. Im Winter ist es hier immer kalt. Das kommt, weil die Heizung nicht richtig funktioniert. Seit Jahren nimmt der Vater sich vor, die Heizung zu reparieren. Nur, es bleibt immer dabei.

Wiebke stört das kalte Zimmer nicht. Im Bett ist es schön warm. Malu, die schwarze Katze, findet das auch. Sie liegt wie ein kleiner breiter Kasten neben ihr und schläft.

Wiebke rutscht noch tiefer in die Kissen. Die sind weich und gemütlich.

Das Bett, in dem sie sitzt, gehörte früher ihrer Großmutter. Da war es braun wie der Schrank und die breite Kommode mit den goldenen Griffen.

Als Großmutter starb, zog Wiebke in das kleine Zimmer unterm Dach. Vater strich damals das Bett, die Kommode und den Schrank grün an.

Großmutter gehörte auch das Haus, in dem Wiebke mit ihren Eltern und ihrem Bruder Jonas wohnt.

Eigentlich ist es viel zu klein für uns, sagt Mutter immer. Vater sagt, daß es nicht zu klein ist. Er ist in dem Haus vor zweiundvierzig Jahren geboren worden. In diesem großen Bett.

~

Manchmal denkt Wiebke an Großmutter. Besonders dann, wenn ihr Bett frisch bezogen ist und das Kopfkissen von der Wäschestärke kratzt und hart ist. Großmutters weiße Schürze mit der Spitze war auch hart, und kratzen tat sie auch. Und immer, wenn Wiebkes Mutter Kartoffelpuffer backt, riecht Wiebke ihre Großmutter. Die konnte sehr gute Kartoffelpuffer backen, am Rand braun und knusprig, in der Mitte gelb wie Honig. Vater sagt immer, daß Großmutters Kartoffelpuffer ein Traum waren, den er nie mehr träumen wird. Genauso wie ihr Apfelmus mit Zimtstangen und Zitronenscheiben.

Leider backt Mutter nicht mehr oft Kartoffelpuffer. Eigentlich fast nie mehr.

Sehr oft hört Wiebke Großmutters Stimme. Streitet Mutter sich mit Vater, ist ihre Stimme wie die von Großmutter, wenn sie schrie: laut, eisig, richtig zum Frieren!

„Rudolf!" schrie Großmutter immer von ihrer Wohnung unterm Dach. „Rudolf!"
Rudolf heißt Wiebkes Vater. Wenn Großmutter „Rudolf" schrie, ist er immer ganz schnell die Treppe raufgerannt. Vielleicht, weil er sich vor ihrer Stimme gefürchtet hat.
Wiebke fürchtet sich auch vor Mutters Stimme, wenn sie so ist wie jetzt, hart und schneidend wie ein Messer. Sie hört plötzlich, daß Vater und Mutter sich streiten. Mutter schreit. Es ist nicht zu verstehen, was sie schreit. Daraus schließt Wiebke, daß die Eltern sich im Erdgeschoß streiten. Da sind das Wohnzimmer und die Küche. Wären sie im Mittelgeschoß, wo Schlafzimmer, Bad und Klo sind, dann müßte sie alles mithören, was Mutter schreit. Vater schreit fast nie.
Er rennt weg, einfach so. In die Kneipe, an den Kiosk zum Trinken.
Und damit er nicht trinkt, muß Wiebke hinter ihm herrennen und auf ihn aufpassen. Sie kennt das schon! – So ist es immer, fast immer.
Heute renne ich nicht hinter ihm her, denkt sie. Heute nicht. Sie zerrt an ihrem Oberbett, zieht es bis an die Nase. Malu, die Katze, wird mitgezogen. Sie legt die Ohren nach hinten, öffnet kurz die Augen und bleibt wie ein kleiner breiter Kasten liegen. Malu will nicht gestört werden.
Ich auch nicht! – Wiebke will weiterlesen.
Es geht aber nicht.
Sie wartet. – Worauf? – Sie wartet auf die Tür, die zuschlägt – hinter Vater, wenn er wegrennt.
Ich gehe heute nicht! Jonas kann doch mal aufpassen. Genau!

Sie wirft das Oberbett zur Seite, nimmt in die rechte Hand ihr Buch. Mit der linken greift sie die Katze. Die hängt in ihrem Arm.

Das Zimmer von Jonas ist neben ihrem. Die Tür ist angelehnt. Jonas sitzt an seinem Schreibtisch. Er hört sie nicht, weil er Kopfhörer aufhat.

Jonas sieht Wiebke erst, als sie am Schreibtisch steht. Obwohl er erst achtzehn ist, kann er so streng wie Großvater gucken. Den Mann von Großmutter hat sie zwar nie gekannt. Er war schon tot, als sie auf die Welt kam. Aber das Bild von Großvater hängt im Wohnzimmer über dem braunen Büfett neben dem von Großmutter. Und den Großvater schaut sie überhaupt nicht gern an.

Jonas nimmt die Kopfhörer ab. „Was willst du denn hier?"

„Ich ..." Wiebke spielt mit dem Radiergummi auf dem Schreibtisch. „Ich wollte ..."

Er nimmt ihr den Gummi aus der Hand. „Laß meine Sachen in Ruhe. Sag schon, was du willst!"

Er dreht den Kopf zur Tür. Lauscht. „Die streiten ja wieder!"

„Ja", sagt Wiebke. „Darum bin ich ja gekommen. Weil ich nämlich heute nicht auf Vater aufpasse. Heute mußt du das machen."

„Und warum?" Jonas sieht noch strenger aus als vorher.

„Weil, weil ich mein Buch auslesen will. Und weil ich nicht immer auf Vater aufpassen will."

„Brauchst du auch nicht", sagt Jonas. „Vater kann selber auf sich aufpassen. Er ist alt genug."

Er schiebt seine Kopfhörer auf die Ohren. „Jetzt geh, ich muß lernen."

„Immer, immer mußt du lernen!" Sie geht, steht dann auf dem Flur. Am liebsten möchte sie wieder in ihr Bett kriechen. Aber bestimmt kommt Mutter und holt sie. Das weiß sie genau. Das beste ist, sie versteckt sich wieder auf dem Dachbodenklo.

Wiebke seufzt. Auf dem Klo ist es kalt. Im Winter ist manchmal sogar der Abfluß zugefroren.

Trotzdem! Die Tür kann sie abschließen.

Sie hockt sich auf den Klodeckel, der ist mit einer bunten Häkeldecke bezogen. Sie zieht die Füße hoch und versucht, die Füße in die Schlafanzugbeine zu stecken. Das ist wenigstens ein bißchen wärmer. Die Katze liegt zwischen Bauch und Knien. Das gefällt ihr nicht. Sie mauzt und schreit wie ein kleines Kind.

„Sei doch still!" sagt Wiebke und läßt sie runter. Malu stellt den Schwanz hoch und mauzt vor der Tür.

„Du verrätst mich noch!" Wiebke zuckt zusammen. Die Tür, die Haustür ist zugeschlagen.

Sie wagt nicht zu atmen. Sie weiß genau, was jetzt kommt! Schritte auf der Treppe, die schnell, immer schneller werden. „Wiebke!"

Mutters Stimme ist jetzt nicht mehr hart und kalt.

Sie ist voll Angst, Zittern.

Wieder ruft sie. „Wiebke!"

Ich geh trotzdem nicht raus!

Sie hört, wie die Mutter die Tür von ihrem Zimmer aufreißt. Dann Rütteln an der Klotür. „Mach auf, bitte!"

„Nein!" Sie bückt sich, greift mit beiden Händen die miauende Katze. Drückt sie an die Brust. „Ich will nicht!"

„Kind, bitte! Du mußt hinter ihm her!" Mutter weint jetzt.

Wiebke setzt die Füße auf den kalten braunen Steinfußboden, rutscht vom Deckel, dreht mit der linken Hand den Schlüssel um und öffnet die Tür.

Der hohe braune Zaun — 2

Der Wind packt Wiebke. Sie stolpert über die harten, strohigen Stoppeln auf dem Maisfeld. Die stechen aus dem Schnee heraus. Der Schnee tut in den Augen weh. Die Ohren tun auch weh. Sie hat die Mütze vergessen.
Wo das Maisfeld zu Ende ist, sieht sie den Vater. Er steht da, groß, schmal, dunkel. Wiebke kneift die Augen zusammen. Sie kann nicht erkennen, ob Vater ihr den Rücken zudreht. Hoffentlich! Er darf nicht sehen, daß sie ihn verfolgt, beobachtet. Sonst wird er wütend und rennt erst recht weg. Sie weiß das.
Vielleicht ist es besser, nicht über das freie Feld zu laufen, sondern den Weg neben dem Feld zu nehmen. Da sind Bäume und Büsche. Einer der Bäume ist ihr Freund. Die Wilde Kirsche beim Schlehenbusch. Ihr Stamm ist dick. Hinter der Wilden Kirsche kann sie sich gut verstecken.
„Ich bin wieder da!" Wiebke drückt die Stirn an den Stamm, legt den Kopf in den Nacken und schaut hoch.
Komisch, denkt sie. Im Winter mit Schnee sieht der Baum aus, als wenn er blüht. Und im Frühling, wenn er blüht, sieht er aus wie im Winter mit Schnee.
Der Baum schickt ihr ein paar von seinen Schneeflocken-

blüten. Die wischt sie aus dem Gesicht. Dann dreht sie sich um. Rechts oben steht noch immer ihr Vater. Und links sieht sie das Haus, in dem sie wohnt. Es ist das letzte in der Tannenallee. Zu der Zeit, als ihr Großvater das Haus baute, war hier noch Dorf. Wo heute das Maisfeld ist, hütete Vater als Junge die Kühe vom Bauern Tegelmann.

Das Haus ist kleiner als die anderen Häuser. Doch es hat einen großen Zaun rundherum. Der ist braun und hoch, fast halb so hoch wie das Haus. Vater hat ihn vor ein paar Jahren gebaut. Damit ihm nicht jeder in die Suppe spucken kann! Wiebke mag den Zaun nicht. Er macht das Haus dunkel, gefangen, wie in einem Käfig.

Wenn ich einen Zauberstab hätte wie in meinem Buch, dann würde ich zuerst den Zaun wegzaubern, denkt sie. Oder besser ist – verzaubern. In eine Hecke mit Himbeeren, weichen, süßen Himbeeren.

Sie riecht die Marmelade, die Mutter immer kocht, wenn im Wald die Beeren reif sind.

Sie wischt mit dem Handrücken unter der Nase lang. Die läuft immer, wenn ihr kalt ist.

Wenn ich einen Zauberstab hätte, dann könnte ich mich in mein warmes Bett zaubern und mein Buch vom Zauberstab weiterlesen.

Dann brauchte ich nicht hier stehen, erfrieren, auf Vater aufpassen.

Wenn ich einen Zauberstab hätte, dann könnte ich mir einen anderen Vater zaubern. Einen neuen, nicht so einen, wie ich habe. Der wegläuft, der trinkt, der nie Zeit hat, der immer müde ist, der vor dem Fernseher einschläft, der nie mit mir spielt, der mich überhaupt nicht liebhat.

Ich will einen anderen Vater! Wiebke preßt den linken Arm an die nasse Rinde und legt das Gesicht in die Armbeuge. Sie weint.

Nina

Der nächste Tag ist ein klarer kalter Januartag. Als Wiebke aufwacht, scheint die Sonne. Der Himmel ist hell.
Malu hat sich auf dem Teppich den runden Sonnenfleck ausgesucht. Wiebke beugt sich aus dem Bett, versucht, die Katze mit der Hand zu locken.
Die reagiert nicht. Sie wäscht sich. Es sieht komisch aus, wenn Malu ihre Zunge wie einen Waschlappen raushängt und damit übers Fell fährt.
So wasch ich mich heute auch. Wiebke klettert aus dem Bett. Auf dem Weg zum Waschbecken beschließt sie, sich heute überhaupt nicht zu waschen.

Als sie in ihre Jeans schlüpft, hört sie unten im Haus Singen. Das ist Nina. Wiebke fällt ein, daß Nina heute den ganzen Tag da ist, daß Vater heute zur Kur kommt, in ein Heim für Alkoholkranke. Und daß Jonas und Mutter ihn hinbringen.
Ich weiß nicht, ob ich Vater zum Abschied einen Kuß geben soll, überlegt sie und knöpft ihre Jacke zu. Eigentlich möchte sie ihm keinen geben, weil er gestern abend so be-

trunken nach Hause gekommen ist und bestimmt wieder nach Schnaps riecht.
Und eigentlich möchte sie ihm doch einen geben, weil er jetzt ein halbes Jahr in das Heim muß, damit er gesund wird und nicht mehr trinkt.
Sie fragt die Jackenknöpfe. Ja, nein, ja, nein, ja.
Die Knöpfe stimmen für ja. – Sie kann Vater ja auch auf die Backe küssen.

~

Wiebke küßt ihn nicht auf die Backe. Als sie nach unten kommt, ist auf dem Kaffeetisch in der Küche nur noch ein Gedeck. Vater, Mutter und Jonas sind schon weggefahren.
„Ich soll dir von deinem Vater noch einen Kuß geben", sagt Nina.
Wiebke will keinen Kuß von Vater. Sie will nur einen von Nina.
Die lacht, küßt sie auf die Nase und auf den Mund.
Wiebke findet, daß Nina das Beste an ihrem Bruder Jonas ist. Sie ist nämlich seine Freundin, und das schon seit einem Jahr.
„Ich mache heute Hausputz, fang im Wohnzimmer an", verkündet Nina. Und wenn Wiebke Lust hat, kann sie helfen, soll aber vorher frühstücken.
„Wieso putzt du denn heute! – Das macht doch immer Mutter!"
„Ich habe doch Zeit!" Nina sagt, daß der alte Mief aus dem Haus muß. Wenn Mutter und Jonas heute abend wiederkommen, dann ist hier gute neue Luft. Sie greift nach dem Staubsauger.

Wiebke gießt sich Tee ein. Nimmt ein Brot. Dann läßt sie Brot und Tee stehen. Sie hat keinen Hunger. Lieber hilft sie beim Putzen. Im Wohnzimmer ist es kalt. Beide Fenster sind aufgerissen. Sie rutscht auf die Sessellehne. Nina wischt mit einem feuchten Tuch über die Couch.

„Bestimmt findest du unter dem Kissen wieder Schnapsflaschen von Vater, die er da versteckt hat", sagt Wiebke. „Mutter findet auch immer welche."

Nina setzt sich zu ihr. „Es ist sehr schlimm, daß dein Vater trinkt."

„Ja", sagt Wiebke. „Es ist schlimm. Nur, früher war es noch schlimmer."

„Warum?"

„Da wußte ich nicht, daß er trinkt, weil er krank ist. Und da wußte ich auch nicht, daß es eine Kur gibt."

Sie zieht ihr rechtes Hosenbein hoch, schiebt es wieder runter, zieht es noch mal hoch. „Glaubst du, daß Vater gesund wird?"

„Ja!" sagt Nina. „Das glaube ich." Sie sagt das einfach so. Als wäre es völlig selbstverständlich.

„Eigentlich müßte er schon lange gesund sein."

„Wieso?"

„Weil ich immer abends im Bett für Vater gebetet habe. Nur, es hat überhaupt nicht geholfen."

„Doch. Es hat geholfen. Sonst wäre er jetzt nicht weg. Allein hätte er es nicht geschafft. Das weißt du doch auch."

Ja, das weiß Wiebke. Wie oft hatte Vater sich vorgenommen, nicht mehr zu trinken. „Nie mehr einen Tropfen Alkohol!" hatte er versprochen. Sich selbst, Mutter, Jonas, Wiebke. Zur Kur wollte er lange nicht. Das brauche er nicht, weil er nicht krank sei, alkoholkrank schon gar nicht, sagte er.

Wiebke steht auf und schließt das Fenster. Sie sieht, wie eine Meise im Birnbaum hüpft. Dann dreht sie sich um.

"Wenn ich du wäre, würde ich auch glauben, daß er gesund wird."

"Wieso?"

"Weil dein Vater kein Trinker ist!"

"Ja", sagt Nina. "Das ist wahr."

"Mein Vater ist aber einer. Und es ist schwer, sich vorzustellen, daß er keiner mehr ist."

"Das verstehe ich." Nina stellt sich zu ihr ans Fenster. Die Sonne wärmt ihnen den Rücken.

"Meinst du, es hilft dir, wenn ich für dich mitglaube?"

"Ja!" Wiebke nickt.

Wiebke mag nicht, wenn es dunkel wird
4

Um vier Uhr schiebt Nina den Nudelauflauf in den Backofen. Dann ist er fertig, wenn die beiden heute abend zurück sind. Wiebke deckt im Wohnzimmer den runden Tisch. Auf der hellen Tischdecke sieht das braune Geschirr hübsch aus. In die Mitte kommt die Kerze von Weihnachten. Sie findet alles sehr schön. Nina auch.

Sie verschwindet im Bad, hat das Waschen nötig, wie sie sagt. Wiebke kniet sich auf die Couch, die unterm Fenster steht, und drückt die Stirn an die Scheibe.

Der Tannenwald hinter dem Zaun und der Wiese ist schwarz. Der Himmel über dem Wald fängt an, dunkel zu werden. Rechts über den Tannenzipfeln steht ein kleines Leuchten, der erste Stern.

Wiebke mag nicht, wenn die Dunkelheit angekrochen kommt. Sie kriecht auch in Wiebke rein, macht sich breit vom Hals bis zum Bauch.

Alle traurigen Dinge werden am Abend noch trauriger. Besonders die Sache mit Vater. Ob er in seinem Heim bei der Kur den Stern auch sieht?

Komisch, den ganzen Tag hat sie nicht an Vater gedacht. Plötzlich ist es, als wäre er da, stünde auf der Treppe im Flur. Betrunken! – So wie gestern abend. – Mutter hat ihn ins Bett gebracht.

Wenn Vater getrunken hat, sieht er zum Fürchten aus. Dann sieht er aus, als hätte er überhaupt keine Augen, weil die ihm nämlich immer wegrutschen. Die Stimme rutscht ihm auch weg.

Wiebke drückt die Fäuste auf die Augen. Sie will Vater nicht sehen. Nicht, wie er betrunken ist.

Am Heiligen Abend, da war er nicht betrunken.

Da hat er sogar mit ihr und Mutter mit den Würfeln Kniffel gespielt. Wiebke versucht sich vorzustellen, wie sein Gesicht lachte, als er einen Sechser-Kniffel erwischt hat.

Aber Wiebke kann es sich nicht vorstellen. Ob sie die Augen aufmacht oder zu. Das Bild vom Vater, wankend, gestern abend auf der Treppe, geht nicht weg.

Sie rennt ins Bad. „Wo Nina ist, da ist es immer ein bißchen heller", hat Mutter mal gesagt.

Nina hat die Jeans und die Bluse gegen einen geblümten

Rock und einen gelben Pulli getauscht. Sie steht da mit bloßen Füßen und knotet die langen braunen Haare mit einem gelben Wollband zusammen.
Wiebke fährt mit der Hand über Ninas Blumenrock. „Jonas sagt, daß du sehr hübsch bist."
„So?" Nina lacht und wird rot. Am Hals bis zu ihrem Pulli und im Gesicht bis zu den braunen Haaren.
„Und ich finde das auch", sagt Wiebke.
„Du bist auch sehr hübsch", sagt Nina.
„Ich?" Wiebke schaut sich um, durch die offene Badezimmertür in den Flur. Ob Nina vielleicht Malu gemeint hat? Aber die ist nicht zu sehen.
„Meinst du mich?" Sie bohrt den rechten Zeigefinger in die Backe.
„Ja natürlich!" Nina sitzt auf dem Badewannenrand und zieht weiße Socken an.
„Ich bin nicht hübsch", sagt Wiebke.
„Doch, du bist es."
„Nein", sagt sie. „Vater und Mutter finden das auch nicht."
„Haben sie das gesagt?"
Wiebke erzählt, ihre Eltern hätten sich immer ein Mädchen mit hellblauen Augen gewünscht. Sie stützt sich mit beiden Händen auf den Waschbeckenrand, reckt sich auf die Zehen und schaut in den Spiegel.
„Und was ist dabei rausgekommen?" Sie streckt sich die Zunge raus.
Nina greift in Wiebkes helles krauses Haar und spielt damit. „Ich mag dich. Besonders deine braunen Augen. Sie sind wie zwei dicke glänzende Kastanien. Nur, viel zu ernst."

Haus Burgwald

Haus Burgwald heißt das Heim, in dem Vater zur Kur ist. Es gefällt Wiebke. Mutter zeigt es ihr auf der Postkarte, die sie mitgebracht hat.

Mutter gefällt es auch. Sie ist sogar begeistert. Von Ninas Nudelauflauf kann sie gar nicht viel essen, weil sie alles erzählen muß.

Von dem Haus, das früher einmal ein Bauernhaus war. Von dem Wald dahinter und der Wiese davor. Von dem Teich mit den Enten. Von den Schafen, die Mutter von Vaters Zimmer aus links auf dem Schneefeld entdeckte.

„Schäflein zur Linken, tut Freude dir winken!" Die Schafe waren für Mutter ein gutes Vorzeichen.

„Du mit deinen Schafen. Wenn sie rechts gewesen wären, hättest du dich umgedreht und ihnen links zugewinkt."

Jonas kennt Mutter. Er grinst. Dann fragt er Wiebke, ob sie schon mal Schafe im Rollkragenpullover gesehen hat.

Nein, sie hat noch nie Schafe im Rollkragenpullover gesehen.

Jonas meint, dann müßte sie mal zum Haus Burgwald fahren.
Da sähen die Schafe in ihrer dicken Wolle so aus.
„Die Schafe will ich sehen", sagt Wiebke. „Aber Vater nicht."
Mutter schiebt mit ihrer Gabel eine Nudel über den Teller.
„Im Frühling ist in Haus Burgwald ein Kinder-Eltern-Seminar. Da müßt ihr beiden, du und Jonas, aber mit."
„Mich kannst du bei dem Seminar vergessen." Jonas sagt, daß er kein Kind mehr ist. Und außerdem, außerdem ist er froh, daß Vater weg ist. Der kommt in sechs Monaten früh genug zurück.
Mutter piekt die hin und her geschobene Nudel auf die Gabel, steckt sie in den Mund, schluckt sie runter, schluckt noch einmal und sagt, daß bis zum Frühling noch viel Schnee fällt. Und daß vor dem Kinder-Eltern-Seminar noch ein Ehefrauen-Seminar ist.
„Ich denke, Vater ist alkoholkrank. Er ist es, der Hilfe braucht." Jonas regt sich auf.
„Wir brauchen alle Hilfe!" Mutter seufzt.
„Ich nicht!" Jonas springt auf. Sein Stuhl fällt um.
Er rennt aus dem Zimmer.
„Jonas!" ruft Nina. „Wo willst du hin?"
„Nur in den Keller, eine Flasche Saft holen."
Wiebke rutscht zu Mutter auf den Schoß und erfährt, daß sie in Haus Burgwald einen großen Hund haben, einen Bernhardiner.
„Da wollte Vater bestimmt gleich wieder mit zurück", sagte Wiebke. „Wo er doch Hunde nicht ausstehen kann."
Mutter streichelt ihr die Knie. „Das wollte er sowieso. Als

wir abgefahren sind, hat er an der Straße gestanden wie ein kleiner Junge, der allein gelassen wird."

„Er war immer der kleine Junge!" sagt Jonas, der die letzten Worte mitbekommen hat. Er stellt die Flasche mit Birnensaft auf den Tisch. „Der kleine Junge, der beachtet und bemuttert werden will." Jonas gießt sich Saft ein. „Alles, alles mußte sich um ihn drehen. Und das, das hat er ja auch geschafft – mit seinem Trinken."

„Er war nicht immer so", sagt Mutter. „Früher war er ganz anders."

„Ich kann mich nicht erinnern." Jonas sitzt da wie ein Block. Nina legt ihre Hand auf seine.

„Bevor er getrunken hat, als ihr klein wart, da war er ein sehr lieber Vater."

„Ich glaube, ich bin nie klein gewesen." Jonas nimmt Ninas Hand in seine beiden Hände. Ninas Hand ist wie ein Vogel darin gefangen.

Ob ich auch nie klein gewesen bin? Wiebke sieht wieder den Vater von gestern abend, betrunken, auf der Treppe. Sie drückt ihren Mund gegen Mutters rechte Schulter. Die Schulter ist hart.

„Wann hat das mit dem Trinken denn überhaupt angefangen?" fragt Nina.

Mutter schiebt Wiebke zur Seite. „Wenn du müde bist, dann leg dich hin."

Im Sessel hat sich Malu zusammengerollt. Wiebke rollt sich neben sie und hört zu.

Mutter sagt, daß es vor fünf Jahren im Büro der Spedition angefangen hat. Bis dahin war Vater als Fernfahrer unterwegs gewesen. Als der Chef dann einmal vier Wochen lang

krank war, übernahm Vater die Arbeit im Büro. Das ging so gut, daß der Chef ihm angeboten hat, seinen Lkw gegen das Büro einzutauschen.
Das hätte er nie tun dürfen.
Jonas blickt Mutter an. „Du warst damals ganz schön froh, daß er den neuen Posten bekam."
„Ja", gibt sie zu. „Ich hatte immer Angst, wenn er mit dem Lastwagen unterwegs war." Mutter schiebt die Teller übereinander. „Zuerst sah es ja auch gut aus."
„An dem Abend, als Vater die Arbeit im Büro bekam, durfte ich sogar aus deinem Sektglas trinken", erinnert sich Wiebke. Ihr fällt ein, daß Vater und Mutter zusammen getanzt haben und sehr lustig waren. Und Vater sehr blau. Aber lustig blau.
„Er ist nicht lange lustig blau gewesen. Nach kurzer Zeit konnte er nicht mehr aufhören mit dem Trinken." Jonas steht auf, geht ans Fenster. Obwohl es draußen dunkel ist, schaut er hinaus.
Mutter sagt, daß Vater immer später vom Büro gekommen ist. Weil er soviel Arbeit hatte. Manchmal hatte er getrunken. Als sie schimpfte, brachte er die Arbeit mit nach Hause. Bis in die Nacht saß er über Abrechnungen, Akten. Dabei trank er. Bier, Wein, Schnaps, zum Wachbleiben!
Zuerst hieß es, es sei nur die Umstellung, der Übergang. Es ist schlimmer geworden. Mit der Arbeit, mit dem Betrinken. Vielleicht fehlte ihm auch sein Lkw. Es war ja doch ein anderes Leben als vorher.
Außerdem hatte er kaum noch ein Wochenende frei. Der Chef nahm ihn sogar am Samstag und Sonntag in Anspruch. Und Vater kann nicht nein sagen.

„Der Schwachkopf!" Jonas setzt sich zu Nina.

Wiebke nimmt Malu auf den Arm. „Mutter kann auch nicht nein sagen."

„Ich?"

„Ja, du, das hast du selbst gesagt."

„Wann?"

„An eurem letzten Hochzeitstag. Als Vater betrunken zum Abendbrot kam. Es gab Blinde Fische, die er doch so gerne mag. Da hast du geschrien, daß du es nie verstehen wirst, wieso du damals bei der Hochzeit mit Vater nicht nein gesagt hast."

„Das wäre auch besser gewesen", erklärt Jonas.

„Dann bräuchtest du dich jetzt nicht scheiden zu lassen."

„Sei doch still, Jonas!" Mutter springt auf.

Wiebke auch. „Willst du dich von Vater scheiden lassen?"

„Nein, nur wenn es mit ihm überhaupt nicht mehr geht."

Sie nimmt den Topf mit dem Nudelauflauf, trägt ihn in die Küche.

Dann sagt sie, daß sie den Auflauf morgen aufwärmen können und Nina unbedingt zum Essen kommen soll, weil noch soviel da ist.

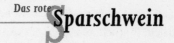

6 Das rote Sparschwein

Der Nudelauflauf wird am nächsten Tag nicht aufgewärmt. Zwei Männer von den Stadtwerken waren da und haben das Gas abgestellt.

„Aber die können doch nicht einfach kommen und den Hahn zudrehen", sagt Jonas.
„Doch, sie können!" Mutter weint. Sie hockt auf dem alten roten Küchenstuhl und strickt an einem Pullover für Wiebke.
„Und wieso?" schreit Jonas.
„Das können sie, weil die Strom- und Gasrechnungen zwei Monate nicht bezahlt worden sind."
„Himmel noch mal! Sind sie denn nicht bezahlt?"
„Seit drei Monaten nicht. Und wenn bis morgen nachmittag nicht bezahlt ist, stellen sie uns auch noch den Strom ab."
Das wollten die Männer eigentlich schon heute tun, aber als Mutter anfing zu weinen, und weil es so kalt ist, haben sie es gelassen.
„Ich kann das nicht glauben." Nina zündet ein Streichholz an, drückt auf den Schalter, aber nichts rührt sich.
„Aber soviel ich weiß, werden doch die Strom- und Gasrechnungen jeden Monat von unserem Konto abgebucht", erinnert sich Jonas.
„Ja", sagt Mutter. „Aber wir haben so viele Schulden bei der Bank. Sie rücken keinen Pfennig mehr heraus." Ihr haben sie heute morgen auch kein Geld gegeben.
Mutter legt ihr Strickzeug auf die Knie. „Ich weiß nicht, wie wir die nächste Zeit durchkommen sollen." Wiebke sieht, wie ihre Tränen auf den Pullover fallen.
Sie streichelt Mutter. „Dann essen wir eben nicht mehr soviel. Der Nudelauflauf schmeckt bestimmt auch kalt."
Mutter hält ihre Hand fest und reibt sie. „Du bist ja ganz verfroren. Ich muß sehen, daß endlich der Pullover fertig

wird." Sie schluchzt und fährt mit der Hand über die kleinen schwarzen Pinguine, die sie in das Vorderteil gestrickt hat.

„Der Pullover wird sehr hübsch", sagt Nina. „Wiebke, du kannst dich freuen."

„Ja!" sagt Wiebke und wünscht sich, daß der Pullover nie fertig wird.

„Könnt ihr euch über die Strickerei nicht ein anderes Mal unterhalten?" fragt Jonas. Er stopft sich ein paar kalte Nudeln in den Mund und meint, daß es jetzt wichtiger ist, sich über die unbezahlten Gas- und Stromrechnungen Gedanken zu machen.

„Ich werde Großvater und Großmutter in Bad Sooden-Allendorf anrufen", sagt Mutter leise. „Sie leihen mir bestimmt das Geld."

Jonas verschluckt sich an seinen Nudeln. „Das, das wirst du nicht tun. Wo sie doch nichts mehr mit uns zu tun haben wollen."

„Das war doch nur wegen Vater und der Trinkerei. Im Notfall helfen sie mir. Sie sind schließlich meine Eltern."

„Ich will es trotzdem nicht", sagt Jonas. „Ehe du sie um Geld bittest, leihe ich es dir." Er flüstert Nina etwas ins Ohr. Und Nina, die eben noch bedrückt und traurig aussah, bekommt auf einmal ein Lachen ins Gesicht. Sie faßt nach Jonas' Hand, zieht ihn aus der Küche. Wiebke hört, wie sie die Treppe hinauflaufen, ganz schnell. Bestimmt immer zwei Stufen auf einmal. Und sie hört auch, daß sie ganz schnell die Treppe wieder herunterspringen. „Ich bin Erster!" schreit Nina, reißt die Küchentür auf. Unterm Arm hält sie das dicke rote Sparschwein aus Pappe, das sie Jonas

zum Geburtstag geschenkt hat. Sie stellt das Schwein auf den Küchentisch. Es ist riesig.
„Es sind nur Scheine drin." Jonas lacht. „Damit können wir die Strom- und Gasrechnung bestimmt bezahlen." Er sucht in der Küchenschublade nach dem Brotmesser.
„Laß das!" Mutter hält Jonas am Arm fest. „Ich will das nicht. In dem Schwein ist doch euer Urlaubsgeld."
Wiebke schiebt ihre Ellenbogen auf den Tisch. Es muß sagenhaft viel Geld in dem Schwein sein. Nina und Jonas sparen seit einem Jahr. Sie wollen im Sommer eine Reise nach Holland ans Meer machen. Das ganze Geld, das sie mit Zeitungaustragen verdient haben, steckt in dem Bauch von dem Schwein.
Jonas schiebt Mutter einfach zur Seite. Nimmt das Schwein, kniet sich auf den Fußboden.
„Ist bestimmt nicht leicht aufzubekommen, es hat ja nur oben einen Schlitz", sagt Nina.
„Ich schneide ihm einfach den Bauch auf!" Jonas dreht das Schwein auf den Rücken. Nina hält vorn die Beine fest und Wiebke hinten.
„Was ist denn das? Da ist ja ein Klebestreifen", sagt Nina plötzlich. „Der war aber vorher noch nicht da." Jonas zieht an dem durchsichtigen Klebestreifen. Es bleibt ein viereckiges Stück Bauch daran kleben. In dem Schwein ist jetzt ein viereckiges Loch.
„Da war jemand dran!" Jonas reißt den Kopf hoch. Sieht Wiebke, Mutter, Nina an. „Vater!" brüllt er. „Vater! Das kann nur Vater gewesen sein!" Er reißt das Schwein mit dem Messer auf.
Wiebke und Nina ziehen die Hände weg.

Innen in dem Schwein ist graue Pappe, nichts als graue Pappe.

„Er hat unser ganzes Geld geklaut!" brüllt Jonas.

Er weint, versteckt sein Gesicht in der grauen Pappe.

Rotkäppchen-Kostüm 7

Rechtzeitig vor drei Uhr zahlt Mutter das Geld für die Gas- und Stromrechnungen. Das Kassenbüro der Stadtwerke liegt mitten in der Stadt. Wiebke und Mutter sind schon um zwei Uhr von zu Hause weggegangen. Der Weg zur Stadt dauert von der Tannenallee mindestens eine halbe Stunde, zu Fuß.

Eigentlich sollte Jonas mit dem Auto hinfahren und das Geld einzahlen. Mutter hat ja keinen Führerschein. Aber er weigert sich. Ihm reichte es von gestern, als er mit Nina in Bad Sooden-Allendorf war. Großvater hat zwar das Geld für die Stromrechnung geliehen, er legte sogar noch einen Hunderter für Mutter persönlich dazu. Aber das, was er an Ermahnungen und Vorwürfen losließ, hätte ausgereicht, ihm das Geld vor die Füße zu werfen, wenn sie es nicht so dringend gebraucht hätten.

Als Mutter den Einzahlungsschein ausfüllt, zittert der Kuli in ihrer Hand. Und als sie am Schalter das Geld einzahlt, sind kleine Wassertropfen auf ihrer Stirn. Die laufen an ihren hellen Haaren herunter.

„Du tropfst!" flüstert Wiebke ihr ins Ohr.

Mutter reißt den Mantel auf. „Hier ist es aber auch unglaublich warm."
Sie ist froh, als sie die Sache hinter sich gebracht hat und wieder draußen auf der Straße ist.

~

Es schneit. Wiebke und Mutter schauen sich die Schaufenster an. In manchen Fenstern sind noch Sterne und Tannenbäume. In anderen werben glitzernde Stoffe und bunte Luftballons für den Karneval.
„Sieh mal", sagt Wiebke. „Das Kostüm da ist aber sehr niedlich. So eins möchte ich wohl mal haben."
Im Fenster steht eine Schaufensterpuppe, mit rotem Rock, weißer Bluse und einem schwarzen Mieder. An dem Mieder sind goldene Knöpfe. Eine rote Mütze ist auch da.
„So eins hast du schon mal gehabt", sagt Mutter.
„Ich?" wundert sich Wiebke. „Davon weiß ich aber gar nichts."
„Doch, ich habe es selbst für dich genäht." Sie überlegt. „Das muß vor ungefähr fünf Jahren gewesen sein. Es war damals ein Kinderfest vom Sportverein. Da sind Vater und ich mit euch hingegangen. Jonas war ein Räuber, und du warst Rotkäppchen."
Wiebke steht steif wie die Litfaßsäule auf der Straße.
„Du und Vater, ihr wart mal im Sportverein?"
„Ja, bevor er mit dem Trinken angefangen hat, war er im Sportverein. Vater war ein sehr guter Tischtennisspieler."
„So?" Wiebke drückt für einen Augenblick beide Augen zu. Sie versucht, sich Vater mit einem Tischtennisschläger vorzustellen. Aber es gelingt ihr nicht.

„Feiert ihr in der Schule in diesem Jahr auch Karneval?" fragt Mutter.
„Ja, im nächsten Monat."
„Soll ich dir noch einmal so ein Rotkäppchen-Kostüm nähen?"
„Aber das ist doch viel zu teuer", sagt Wiebke. „Wir müssen doch sparen."
„So schlimm ist das nicht", meint Mutter. „Roten und schwarzen Stoff habe ich zu Hause, irgendwo im Keller bei den Flicken. Eine weiße Bluse hast du im Schrank. Wir brauchen nur die rote Kappe."
„Die kostet bestimmt viel Geld."
„Wir können ja mal fragen."

Im Kaufhaus schieben sich die Leute an den Tischen mit den Waren vorbei. Auf einem Tisch werden Nachthemden im Sonderangebot angepriesen. Mutter bleibt stehen. Befühlt mit der Hand ein weißes Nachthemd mit kleinen roten Rosen. „Wie warm das ist, Flanell, genau das richtige für mich. Wo es doch in unserem Schlafzimmer immer so kalt ist."
Sie dreht das kleine Preisschild, damit sie den Preis besser sehen kann. Dreißig Mark, viel zu teuer. Die Rotkäppchenkappe kostet nur 3,95 DM. Die hat sie noch als Kleingeld im Portemonnaie.
„Wenn Jonas die rote Kappe sieht, wird er bestimmt böse", sagt Wiebke.
Mutter, Jonas und Wiebke haben am Mittag beschlossen, kein Geld für unnötige Sachen auszugeben. Weil sie sonst

nicht über die Runden kommen. Vaters Gehalt läuft zwar weiter. Er braucht auch jetzt kein Geld, da die Kur von der Krankenkasse gezahlt wird. Aber die Schulden sind hoch. Vater hat bei Bekannten und Verwandten Geld fürs Trinken geliehen, das kommt erst jetzt richtig raus. Sie wollen versuchen, in den sechs Monaten, die er weg ist, soviel wie möglich zurückzuzahlen. Das geht sicherlich, weil Mutter ja jetzt über das Gehalt verfügt. Früher bekam sie immer nur Haushaltsgeld. Mutter verdient zwar bei Frau Mangold etwas dazu, da geht sie einmal in der Woche zum Putzen hin, aber auch das Geld ist immer schnell weg.
„Vielleicht sollte ich fünfmal in der Woche putzen gehen", hatte Mutter beim Mittagessen überlegt.
Davon wollten Jonas und Wiebke nichts wissen.
Nach all dem mit Vater sollte sie jetzt mal Zeit für sich haben und für Wiebke und Jonas.

8 Verkäuferin gesucht

„Wenn wir nach Hause laufen und nicht den Bus nehmen, haben wir das Geld für die Kappe wieder raus", sagt Mutter. „Und ich kann meinen Hundertmarkschein von Großvater noch ein bißchen behalten."
„Den kann der Busfahrer sowieso nicht wechseln." Wiebke hakt sich bei Mutter ein.
Es schneit immer noch. In der Stadt ist der Schnee auf den Straßen braun und matschig. Zuerst macht es Spaß, so

durch den rutschigen Schnee zu stapfen. Aber dann werden die Schuhe naß und die Socken und die Füße. Kalt werden sie auch. Außerdem ist der Rückweg viel weiter als der Hinweg.

Wiebke läßt sich von Mutter durch die Straßen ziehen.

Mutter erzählt von dem warmen Wohnzimmer zu Hause, von heißem Tee mit braunem Kandis, von einem Butterbrot mit selbstgemachter Himbeermarmelade.

„Ein Butterbrot", sagt Wiebke. „Ich habe so viel Hunger, daß ich bestimmt ein ganzes Brot aufesse."

Dabei fällt Mutter ein, daß sie überhaupt kein Brot zu Hause haben.

„Jetzt muß ich meinen Hunderter doch noch anbrechen!"

Und dann, dann braucht sie es doch nicht zu tun, weil nämlich Wiebke die Bäckerei in der Herdstraße entdeckt und den weißen Papierstreifen im Fenster.

„Brot von gestern um die Hälfte reduziert!" steht da mit roter Schrift.

Sie weiß nicht, was reduziert heißt. Mutter erklärt, in diesem Falle heißt es, das Brot ist um die Hälfte billiger, da es schon einen Tag alt ist.

Die beiden freuen sich über das reduzierte Brot.

An der Tür zur Bäckerei klingelt es laut, als sie in den Laden treten. Es riecht nach frischem Brot, und warm ist es auch.

Von dem billigen Brot ist nichts zu sehen, dafür aber von den Kuchen hinter der Glastheke. Wiebke vergißt Mutters Marmeladenbrot, denn da sind eine Brombeertorte mit

weißem Baisergitter, eine braune Wiener Sachertorte, Biskuitrolle mit Erdbeeren und Puderzucker, Bienenstich, dick mit Pudding gefüllt, Käsetorte, am Rand aufgeplatzt, und Rosinenbrötchen, glänzend mit dicken Rosinen.
Wiebke tun die Augen weh und der Bauch, so sehr hat sie Lust auf Kuchen. Sie denkt, wenn ich dürfte, würde ich alle Kuchen auf einmal aufessen.
Sie dreht den Kopf zur Seite. Mutter auch. Und da sehen die beiden das Schild, links an der Wand:
„Verkäuferin gesucht. Dringend. Gute Bezahlung, halbe Tage. Wenn Sie Lust haben, melden Sie sich."
„Hier möchte ich wohl Verkäuferin sein", flüstert Wiebke mit einem Blick auf die Kuchen.
Mutter nickt. „Hier könnte ich Verkäuferin sein", flüstert sie.
„Wieso?"
„Weil ich das doch machen könnte. Das ist doch genau das richtige für mich."
„Aber du hast doch gar keine Zeit."
„Warum nicht?"
„Du mußt doch kochen für Jonas und für mich."
„Ist doch nur für halbe Tage."
„Die haben bestimmt schon jemand zum Verkaufen", flüstert Wiebke.
„Sieht aber nicht so aus!" Mutter öffnet noch einmal die Tür und schließt sie wieder. Es klingelt.
„Paul!" ruft es da von hinten. Das Rufen kommt von dort, wo zwei Stufen zu einer Tür mit Glas und einem Blümchenvorhang führen.
„Paul, schau mal nach, wer da gekommen ist."

„Bin schon da!" Die Tür mit dem Blümchenvorhang wird aufgerissen. Ein Junge springt die zwei Stufen runter, strahlt sie an und fragt, was sie wünschen.

Was will denn der hier? wundert Wiebke sich. Ist der denn ein Verkäufer? Er ist zwar einen Kopf größer als sie. Aber älter ist er sicher nicht.

„Ich möchte gern ein Brot, von dem alten von gestern", sagt Mutter.

Wiebke ist es peinlich, daß sie das alte von gestern will.

Der Junge holt aus dem Regal hinter der Theke ein langes Brot. „Es ist noch ganz weich!" Er packt es in Papier und sagt, daß es 1,50 Mark kostet.

Mutter will ihm den Hundertmarkschein geben, findet aber in ihrer Manteltasche noch 1,50 Mark.

Als sie den Schein wieder einsteckt, fragt sie, ob denn die Stelle da, sie zeigt auf das Schild an der Wand, noch frei ist.

„Ja natürlich!" ruft der Junge, reißt die Tür nach hinten auf und schreit: „Mutter, da ist eine Verkäuferin, komm mal ganz schnell."

Sie kommt, ganz schnell, atemlos und zerzaust durch die Blümchenvorhangtür. Und sie hat zwei Babys im Arm, süß und rund.

Wiebke ist hin. Für sie sind Babys mit das Schönste auf der Welt. Sie beißt sich in den linken kleinen Finger, um nicht zu schreien. So süß findet sie die.

„Das sind ja Zwillinge", sagt Mutter. Die Bäckersfrau nickt und lacht.

„Das ist Eva, und das ist Marie", sagt Paul. Der Junge zeigt mit dem Finger, wer Eva und wer Marie ist.

Wiebke hört überhaupt nicht zu. Sie sieht nur die Babys.

Und sie weiß, später will sie auch solche Babys haben, auch gleich zwei auf einmal. Genau solche wie diese hier, mit runden Köpfen und hellen Haaren wie Stoppelfelder, viel zu kleinen Nasen und viel zu großen Augen, mit so winzigen Fäusten.
Da tippt Mutter sie auf die Schulter. „Hast du gehört. Ich bleibe gleich hier. Ich kann anfangen mit der Arbeit."
Wiebke sieht, daß sie ihren Mantel auszieht.
„Aber, aber wir wollten doch zu Hause Tee trinken und Brot mit Marmelade essen."
„Tee kannst du auch bei uns trinken", sagt die Bäckersfrau.
„Und Brombeertorte, wenn du magst, kannst du auch essen", sagt Paul. „Nicht wahr, Mutter?"
Die Bäckersfrau lacht. „Ihr könnt alles haben, was ihr wollt. Ich bin nur glücklich, daß ich endlich Hilfe habe und Zeit für meine beiden." Sie küßt die Babys auf die Backen, erst das rechte, dann das linke.
„Ich will nach Hause", sagt Wiebke zu Mutter. „Mit dir!"
„Bleib doch!" Mutter steht schon hinter der Theke. Alle stehen hinter der Theke. Mutter, Paul und die Frau mit den Zwillingen. Nur Wiebke steht davor. „Du kannst mir helfen, Eva und Marie zu füttern, wenn du willst", sagt die Frau.
Wiebke dreht sich um.
Die Glocke über der Tür klingelt.
Und klingelt noch einmal. Mutter kommt hinter Wiebke hergelaufen. „Was ist denn mit dir? Was hast du denn?"
„Nichts!"
„Wir brauchen doch das Geld. Du weißt doch, die Schulden!"

„Ja."

„Hier, nimm wenigstens das Brot mit!« Mutter stopft es ihr unter den Arm.

Wiebke geht. Sie entdeckt einen harten Klumpen Schnee. Den schießt sie vor sich her, den ganzen Weg entlang, bis nach Hause. „Von dem Brot esse ich keine Scheibe", schwört sie sich. „Und zu denen gehe ich nie mehr."

Wenn Vater zur Kur ist, wird alles anders 9

Sie geht aber doch wieder zu denen. Zwei Wochen später, nach der Schule, steht sie zu Hause vor der verschlossenen Tür.

Wiebke hat zwar einen Schlüssel, doch den hat sie in der Sportstunde an den Kleiderhaken gehängt und vergessen. Ihn zu holen, ist nicht möglich, weil der Hausmeister mittags die Schule abschließt.

Jonas und Nina sind nicht da. Nur Malu. Die hockt innen auf der Fensterbank neben dem roten Alpenveilchen.

Wiebke setzt sich von außen auf die Fensterbank. Sie will warten, bis Mutter kommt. Eigentlich macht es ihr nichts, daß sie den Schlüssel vergessen hat. Sie mag es nicht, im Haus allein zu sein. Wenn niemand da ist, ist es leer und kalt und grau.

Draußen ist es auch kalt. Ihr Pullover ist im Ranzen. Den braucht sie nur rauszuholen, aber das will sie nicht. Jeden Morgen gibt es Krach neuerdings. Mutter besteht darauf, daß sie ihn anzieht. Und jeden Morgen muß sie in der Schule erst mal auf das Klo verschwinden, um ihn wieder auszuziehen.

Wiebke sucht in ihrem Ranzen nach etwas Eßbarem. Aber sie findet nichts, nur die Mathearbeit.

Schon wieder eine Fünf.

„Du solltest besser aufpassen!" sagte Frau Klöser, als sie ihr die Arbeit zurückgab.

„Laß Vater erst mal zur Kur sein, dann wird es auch bei dir mit der Schule besser", sagte Mutter immer.

Davon merkt sie nichts. Überhaupt sollte alles besser werden, wenn Vater zur Kur ist.

Früher hat sie nie vor verschlossenen Türen gesessen. Frierend, allein, hungrig.

Sie merkt plötzlich, wie hungrig sie ist. Sie riecht das frische Brot in der Bäckerei Schwertlein, wo Mutter ist.

10 Dampfnudeln

Ich bin eine blöde Kuh! Die blödeste Kuh auf der Welt! Wiebke steht in der Küche bei Schwertleins, dreht an ihrem Jackenknopf und behauptet, daß sie sich aus Dampfnudeln nichts macht. Daß sie Dampfnudeln nicht kennt, auch nicht probieren will.

Daß sie Dampfnudeln nicht kennt, stimmt. Aber das ist auch das einzige. Wiebke würde die Dampfnudeln sehr gern probieren. Nur, sie traut sich nicht, es zu sagen.

Dabei brauchte sie nur ja zu sagen. Denn Bäcker Schwertlein und seine Frau und Paul, die am Tisch sitzen, wollen unbedingt, daß Wiebke die Dampfnudeln probiert, weil sie so lecker sind, mit Vanillesoße.
Mutter sitzt auch am Tisch. Klein, blaß und ärgerlich wegen des Pullovers im Ranzen und des Schlüssels. Ihre Tochter soll zum Hausmeister, sich den Schlüssel holen und zu Hause die Gemüsesuppe auf dem Herd wärmen.
„Die Suppe kann sie nachher essen!" Paul holt einen Teller aus dem Schrank und zieht Wiebke auf die Eckbank.
Die Dampfnudeln sind locker und süß.
„Willst du noch eine?" fragt Paul.
„Nein, danke!" Wiebke steht auf, sie will zum Hausmeister, wegen des Schlüssels.
Paul steht auch auf. „Ich gehe mit dir!"
Ein Glück, daß er nicht gefragt hat, ob er mitgehen soll. Sonst wäre sie heute noch ein zweites Mal eine dumme Kuh gewesen.
Wiebke gefällt es sehr, daß Paul mitkommt.
„Zieh bitte deinen Pullover an!" Mutters Gesicht ist streng. So mag Wiebke sie nicht. Da holt sie den Pullover besser aus dem Ranzen. Aber im nächsten Moment mag sie Mutter wieder. Denn da ist ihr Gesicht lachend und rot und glücklich. Und sie sagt „ja" und „nein" und „doch" und „das ist ja ganz einfach". Und Wiebke muß sich drehen, den Rücken zeigen, die Arme hochheben. Frau Schwertlein will genau wissen, wie Mutter den Pullover gestrickt hat. Weil sie auch welche stricken will, für die Kleinen und für Paul, mit Pinguinen.
„Dann sehen Wiebke und Paul wie Geschwister aus!" Sie

findet, daß die beiden sowieso wie Bruder und Schwester aussehen.

„Wir?" Wiebke und Paul gucken sich an.

Wiebke merkt, daß ihr ganz heiß wird.

Paul zeigt seiner Mutter einen Vogel. „Da lachen ja die Eierschalen." Er zieht Wiebke aus der Küche in den Flur. „Es ist besser, wir hauen ab, ehe Mutter noch entdeckt, daß wir ja eigentlich Zwillinge sind."

11 Die Tenne

Vom Flur geht es links zur Haustür. Rechts in den Hof. In dem Hof ist ein Birnbaum, mit einer Bank drum herum. In dem Baum hängen ein paar vergessene Birnen wie Spatzen. Hinten im Hof ist das Backhaus, weiß getüncht, ein rotes Ziegeldach, kleine viereckige Fenster. Die sind innen weiß von Mehlstaub. Die Fliesen an den Wänden in der Backstube sind auch weiß, auch die zwei großen Knetmaschinen für den Teig.

„Hier, das ist unser Backofen, der wird mit Gas geheizt." Paul zeigt auf einen riesigen weißen Block, der einen großen Teil der Backstube einnimmt.

„Der Backofen hat ja ein Gesicht", stellt Wiebke fest. „Und eine Mütze hat er auch auf."

Paul erklärt, daß die Mütze die Abzugshaube für den Dampf ist. Und das, was Wiebke als Backen bezeichnet, sind die silbernen Ofenklappen, und die Augen sind Uhr und Wärmeanzeiger. An den Wänden Holztische, Regale mit Schüsseln, Töpfen, Backformen, Löffeln, Schaufeln, Schneebesen.

„Das ist die Teigverteilermaschine für Brötchen und Kaffeestückchen."

Wiebke steht vor einer ziemlich großen Maschine.

„Kannst du mir zeigen, wie die funktioniert?"

„Jetzt nicht", sagt Paul. „Du mußt morgens kommen, wenn hier alles in Betrieb ist. Manchmal helfe ich. Kannst du ja auch mal machen."

„Willst du Bäcker werden?"

„Na klar", sagt Paul. „Was denkst denn du."

Paul will Bäcker werden, obwohl seine Mutter es nicht will, denn es ist ein nicht gerade leichter Beruf. Der Vater muß immer schon um drei Uhr morgens aufstehen, und dann die Hitze vom Ofen und die viele Arbeit.

„Was meint denn dein Vater dazu?"

„Ihm gefällt es, daß ich Bäcker werde." Paul holt sich eine Handvoll Nüsse aus dem Regal. Er gibt Wiebke auch welche. „Mein Vater mag Bäcker sein. Obwohl, den Mehlstaub mag er nicht."

Mitten in der Backstube führt eine Holztreppe nach oben zu einem viereckigen Loch in der Decke.

Paul klettert die Treppe hoch. „Willst du mal meine Tenne sehen?"

Seine Tenne ist der Raum über der Backstube. Zuerst kann Wiebke überhaupt nichts sehen, weil es da oben dunkel ist. Er macht Licht, hat eine weiße Hängelampe am Dachbalken montiert. Der ist so niedrig, daß Paul nur geduckt gehen kann. Für Wiebke reicht die Höhe. Über den Balken sind Holzbretter quer gelegt. Weihnachtskuchenformen, alte Backbleche, Osterhasenformen liegen da.
Bis zur Schräge des Dachs stehen Regale, vollgestopft mit Büchern, nichts als Büchern.
Auf dem Boden zwischen den Regalen liegen Matratzen unter der Lampe, eine Puppe mit schwarzen Haaren und ein Teddybär.
„Das ist Genoveva", sagt Paul. „Genoveva, gib Händchen." Er hält Wiebke die Puppenhand hin.
Sie lacht. „Spielst du etwa mit Puppen?"
„Früher", nickt Paul und setzt Genoveva wieder zum Teddy.
Sie kann sich nicht erinnern, daß Jonas jemals mit Puppen gespielt hat.
Er kniet sich auf die Matratze, legt seine Hände rechts und links flach aufs Bücherregal. „Das ist meine Bibliothek. Später möchte ich mal Bibliothekar werden."
„Ich denke, du willst Bäcker werden?"
„Ja, das will ich auch. Ich kann doch beides sein, Bäcker und Bibliothekar."
„Ist das nicht ein bißchen schwierig?"
Paul meint, es ist sogar ziemlich einfach. Und er will ihr auch erklären, warum. Als Bäcker muß er früh aufstehen. Sie hat ja gehört, morgens um drei steht sein Vater immer auf. Aber mittags ist er mit dem Backen fertig.

„Dann gehe ich in meine Bibliothek", sagt Paul. Lesen ist nämlich seine liebste Beschäftigung.
„Ehrlich!" Wiebke freut sich. „Meine ist das auch."
„Das ist gut!" Paul strahlt sie an und zieht ganz hinten links, wo das Regal aufhört, ein Bilderbuch raus. Sein allererstes Buch, „Onkel Tobi", das er zu seinem zweiten Geburtstag bekommen hat. Hier oben auf der Tenne hat sein Vater es ihm vorgelesen. Wiebke nimmt das Buch und blättert darin. Aber sie sieht überhaupt nichts von den Bildern. Sie sieht nur den kleinen Jungen Paul. Er liegt hier oben mit dem Vater auf dem Bauch und baumelt mit den Beinen.

Vater hatte lange Locken

„Hallo, Wiebke, träumst du!" Paul schüttelt sie. „Wollen wir uns nicht endlich um deinen Schlüssel kümmern?"
Wiebke ist mit einem Ruck da. Den Schlüssel hätte sie fast vergessen hier oben.
Hoffentlich macht der Hausmeister die Turnhalle auf.
Er macht es, und der Schlüssel hängt am Haken.
„Jetzt, wo wir ihn haben, kannst du mir gleich mal euer Haus zeigen", meint Paul.
„Bei uns ist es aber nicht so schön wie bei euch", entschuldigt Wiebke sich auf dem Weg. „Und so viele Bücher wie du habe ich auch nicht."
Paul findet aber, daß sie sogar sehr viele Bücher hat. Er möchte sich gern welche ausleihen.

Sie fragt, ob er lieber lustige oder traurige Bücher liest.

„Spannende mag ich am liebsten", Paul liegt auf dem Teppich und sucht nach dem richtigen Buch.

Wiebke spielt mit den Teppichfransen. „Wenn ich lustig bin, lese ich immer lustige Bücher. Und traurige, wenn ich traurig bin."

„Nachher bei mir auf der Tenne, was willst du dann für ein Buch haben?"

„Ein lustiges natürlich." Und sie will jetzt gleich gehen. Auf der Tenne lesen, das ist bestimmt gemütlich.

Paul will noch ein bißchen in dem Haus bleiben. Er hat sich noch nicht alles angesehen. Auch nicht, was im ersten Stock hinter der Tür mit dem grünen Fisch ist.

Hinter der Tür ist das Bad.

Hoffentlich bemerkt er nicht die kaputten Kacheln und den tropfenden Wasserhahn, denkt Wiebke.

Malu ist im Bad. Sie sitzt auf dem Waschbecken und versucht, mit ihrer Pfote die Wassertropfen aufzufangen. Paul lacht. So was hat er bei einer Katze noch nie gesehen. Dann entdeckt er sich und Wiebke im Spiegel. „Meinst du, daß wir wie Geschwister aussehen?"

Sie dreht eine Haarsträhne zu einer kleinen Wurst und schaut dabei Paul im Spiegel an. Er hat braune Augen und helle, lange, krause Haare.

„Mein Bruder Jonas hat auch lange Haare mit Locken. Obwohl Vater das nicht will."

„Warum will dein Vater das nicht?"

„Ich weiß nicht. Vielleicht, weil er als kleiner Junge auch keine Locken haben durfte."

„Wieso. Erzähl mal!"

Sie mag jetzt nicht, will endlich auf die Tenne gehen.
Paul steigt in die Badewanne. Streckt sich aus und schwört, nicht früher aus der Wanne zu steigen, bis er die Geschichte von Vater mit den Locken weiß.
Wiebke krault Malu hinterm Ohr.
Als Vater ein kleiner Junge war, hatte er Locken. Blonde lange Locken. Darüber war Großmutter sehr glücklich. Großvater nicht. „Der Junge sieht wie ein Mädchen aus!" Er befahl, daß Großmutter mit ihrem Sohn zum Friseur ging. Der sollte einen richtigen Jungen aus ihm machen. Großmutter wollte nicht, Vater auch nicht. Er schrie und heulte. Es gab Krach. Großvater setzte Vater auf einen Stuhl und schnitt ihm die Haare so kurz wie eine Bürste.
„Und wieso hat dein Vater sich das gefallen lassen? Warum ist er nicht einfach weggerannt?"
„Er war auf dem Stuhl festgebunden, mit einem Seil", sagt Wiebke.

Im Keller macht Paul große Augen. So einen Vorratskeller hat er noch nie gesehen. Er staunt über die Gläser mit eingemachten Erdbeeren, Kirschen, Pflaumen, Birnen, Äpfeln, probiert das selbstgemachte Sauerkraut im Bottich, ißt von den Essiggurken, fischt sich gelbe Kürbisstücke aus dem Topf, findet den Kürbis himmlisch. Wiebke muß weggucken. Bei Kürbis wird ihr immer zum Kotzen übel, auch wenn andere ihn essen.
Das versteht Paul nicht. Er liest die kleinen Schilder auf Mutters Marmeladentöpfen und behauptet, durch das Glas die Erdbeermarmelade zu riechen.

Als er die Flaschen mit Saft entdeckt, fragt er, ob er eine mit auf die Tenne nehmen darf.

„Kannst auch zwei haben. Wir haben ja genug von dem Zeug."

„Macht deine Mutter auch Wein selber?"

„Wie kommst du denn darauf?"

„Weil mein Onkel Apfelwein und Johannisbeerwein selber macht. Den trinkt Vater immer."

Wiebke sortiert die Zwiebelbündel, die am Haken von der Decke hängen.

„Bei uns ist überhaupt kein Alkohol im Haus. Weil niemand trinkt. Mutter nicht, Jonas nicht, ich nicht –" Sie stockt. „Und Vater auch nicht."

„Warum ist dein Vater eigentlich zur Kur?" fragt Paul.

Er beißt in einen verschrumpelten Apfel, den er aus dem Regal holt. Wiebke beißt auf ihre Unterlippe, bis es weh tut.

„Er ist krank", sagt sie und läuft zur Treppe. Sie will jetzt endlich gehen.

13
Der Pinguin-Pullover

Wiebke hockt im Sweatshirt vor dem Bahnhofsgebäude. Auf dem Schoß hat sie den selbstgestrickten Pullover von Mutter zusammengerollt.

Die Regentropfen fallen auf den grauen Asphalt, springen wie kleine Bälle wieder hoch.

Wiebke hebt den Kopf. Da hat doch jemand gerufen.

Paul ist der jemand. Er winkt, steigt vom Rad.

„Was willst du denn hier?" fragt sie.

„Ich muß ein Paket zum Postamt bringen. Und was machst du?"

„Ich? Ich warte auf meinen Zug."

„Willst du verreisen?"

„Ja, sonst würde ich ja nicht warten."

„Wann fährt er denn?"

„In einer halben Stunde."

„Bis dahin bist du erfroren", sagt Paul. „Du mußt deinen Pullover anziehen."

„Du redest wie meine Mutter. Die hat mich vorhin erst weggelassen, als ich dieses Miststück anhatte. Wo sie genau weiß, daß ich ihn hasse."

Sie knuddelt ihn fester zusammen.

„Gib mal her!" Paul streckt seine Hand aus.

Sie reicht ihn rüber. „Was willst du denn damit?"

Er grinst. „Wir tauschen. Du bekommst meinen, ich deinen."

Wiebke grinst auch. Tauschen ist gut.

Pauls Pullover ist warm wie ein Ofen. Paul auch. Er rückt zu ihr auf die Bank.

„Du hast ja nicht mal Handschuhe an."

Er stopft ihre Hand mit in seinen Handschuh. Das kitzelt ein bißchen. Sie muß lachen, obwohl sie eben noch weinen wollte.

„Warum kannst du eigentlich deinen Pullover nicht leiden?"

„Weil er so naß ist."

„Naß? – Der ist nicht naß. Der ist schön warm."

„Er ist naß." Sie stellt die Schuhe in die Pfütze vor ihren Füßen. „Er ist naß von Mutters Tränen."
„Wieso? Hat deine Mutter immer geheult beim Stricken?"
„Ja!"
„Warum hat sie geheult?"
„Weil Vater getrunken hat. Er ist nämlich alkoholkrank."
Ob Paul weiß, was das ist?
Er weiß es nicht.
„Das ist, wenn ein Mensch nicht mehr aufhören kann mit dem Trinken. Er muß immer weitertrinken, bis er voll ist."
„Und so was macht dein Vater?"
„Ja. Und darum weint meine Mutter."
Wiebke zerrt ihre Hand aus Pauls Handschuh. Zeigt auf die sechs Pinguine in dem Pullover. „Die sind besonders naß. Die hat Mutter immer gestrickt, wenn was ganz Schlimmes mit Vater los war. Das weiß ich noch genau."
„Du mußt es mir erzählen."
„Nein!"
Paul rückt noch ein bißchen näher zu ihr. „Erzähl mir doch von dem kleinen Pinguin hier auf der Eisscholle. Der so aussieht, als könnte er nicht mehr gack sagen."
Wiebke sieht den kleinen schwarzweißen Kerl auf dem Pullover an und dann Paul. Sie steckt ihre Hand wieder in seinen Handschuh. „Als Mutter den kleinen Pinguin gestrickt hat, war die Sache mit Vaters Chef passiert. Er ist am Morgen vor der Schule gekommen und wollte Vater die Stelle kündigen, weil er trinkt. Mit Mutter hat er auch geschimpft."
„Mit deiner Mutter? Warum denn das?"
„Weil sie den Chef, Herrn Bauermann, immer angerufen

hat, daß Vater Grippe oder Fieber hat und darum nicht ins Büro kommen konnte. Dabei lag er im Bett und war betrunken."

„Ist dein Vater jetzt arbeitslos?"

„Nein!" Wiebke schiebt ihre Füße in der Pfütze hin und her. „Herr Bauermann wollte ihm kündigen. Aber er hat es nicht getan, als Vater versprach, daß er eine Kur macht. Weißt du, wenn er nicht getrunken hat, ist er der beste Mann im Büro. Ich habe selbst gehört, wie Herr Bauermann das zu Mutter gesagt hat."

„Dann ist dein Vater also wegen dem Trinken zur Kur?"

„Ja, damit er gesund wird und nicht mehr trinkt. Aber wenn er die Kur abbricht, dann ist es schlimm. Damit er das nicht macht, fahre ich jetzt zu ihm."

„Will er sie denn abbrechen?"

Wiebke holt tief Luft. So tief, daß Paul es hört. Sie seufzt. Sie weiß es auch nicht. Aber heute kam ein Brief von ihm, der war so traurig. Daß er nach Hause will, sie vermißt, Mutter, Jonas, Malu und besonders Wiebke. – Und darum muß sie zu ihm. Weil sie ihm sagen will, daß er die Kur nicht abbrechen darf. Sonst ist alles genauso schlimm wie damals.

Wie damals? Ob denn der Vater schon mal eine Kur gemacht hat?

„Ja, vor zwei Jahren. Aber da hat er nur einen Monat durchgehalten."

Sie springt auf, reißt die Bahnhofstür auf. Paul rennt hinter ihr her. Sie bleibt mitten in der Bahnhofshalle stehen und schaut dem großen Zeiger der Bahnhofsuhr nach. „Viertel nach vier. Jetzt ist der Zug weg."

Wiebke holt aus der Hosentasche ein Zweimarkstück. Das Geld hätte sowieso nicht gereicht. Sie steht da mit hängenden Armen, wie die Pinguine auf dem Pullover.
„Nun sei doch nicht so traurig!" Paul legt den Arm um sie. „Du kannst ihm doch schreiben. Oder ein Päckchen schicken. Ich habe noch so viele Süßigkeiten von Weihnachten. Die kann er alle haben. – Weiß deine Mutter, daß du zu ihm wolltest?"
„Nein."
„Komm", sagt Paul. „Setz dich auf meinen Gepäckträger. Wir fahren zu mir."

Ein Päckchen für Vater   14

Auf der Tenne brennt die Hängelampe. Wiebke und Paul packen ein Päckchen für Vater.
Eigentlich wollte Paul seine Eltern um Schokolade und Pralinen bitten. Als Wiebke das hörte, fing sie fast an zu weinen.
Paul muß versprechen, seinen Eltern nichts davon zu verraten, daß ihr Vater trinkt und eine Entziehungskur macht.
Das weiß niemand und darf niemand wissen.
Paul versteht das nicht. „Dein Vater ist doch krank. Das hast du selbst gesagt. Deshalb brauchst du dich doch nicht zu schämen."
„Doch!" sagt Wiebke. Sie schämt sich. Und Mutter und Jonas schämen sich. Vater schämt sich auch.

Wiebke mußte sich oft seinetwegen schämen. Einmal besonders, da wurde er nach Hause gebracht, von einem Ehepaar. Betrunken. Mutter und Jonas waren nicht da. „Ist das dein Vater?" wurde sie gefragt.

In der alten Schule, bevor sie in die Förderstufe wechselte, hat sie sich auch oft geschämt. Einmal kam sie mit ihren Freundinnen Helga und Alberta vom Schwimmen. Da stand Vater in der Tannenallee und hielt sich an einem Baum fest. Sonst wäre er umgefallen.

Wiebke ist froh, daß sie jetzt in einer anderen Schule ist. Aus ihrer Klasse weiß niemand, daß Vater trinkt.

„Aber wenn du Freunde mit nach Hause genommen hast, dann haben sie doch deinen Vater gesehen."

Sie packt eine Honigbrezel in grünes Papier und sagt, daß sie schon lange niemand mehr mit nach Hause genommen hat.

„Aber mich hast du mitgenommen!" Paul lacht sie an.

„Ja!" Wiebke lacht auch, ein bißchen. „Und das finde ich ja so komisch."

„Was findest du komisch?"

Sie zupft an dem Papier. „Alles finde ich komisch. Daß ich dich mit nach Hause genommen habe. Daß ich dir erzählt habe, daß Vater trinkt. Daß ich mich vor dir nicht schäme."

Paul nimmt ein Marzipanherz von seinem bunten Teller und legt es ins Päckchen.

„Ich finde es auch komisch, daß ich dich auf meine Tenne gelassen habe. Wo sonst niemand rauf darf. Nur der Uli. Aber der ist ja auch mein bester Freund."

Paul findet noch was komisch.

Wiebke macht das Päckchen zu. „Was denn?"

„Ich finde es komisch, daß ich immer an dich denken muß. Auch wenn du gar nicht da bist."
„Denkst du jetzt auch an mich?"
„Ne, weil du doch da bist."
„Aber jetzt nicht mehr!" Wiebke lacht, schnappt das Päckchen, hopst die Treppe runter und rennt nach Hause.
Erst in der Tannenallee bleibt sie pustend stehen. – Es fängt schon an, dunkel zu werden. Der Wald hinter der Wiese ist schwarz. „Komisch!" überlegt sie. „Sehr komisch. Obwohl es schon so dunkel ist, bin ich kein bißchen traurig."

15 Karneval

Am Karnevalsdienstag wird in Wiebkes Klasse gefeiert. Wer will, kommt im Kostüm.
Wiebke erscheint nicht als Rotkäppchen. Als sie sich im roten Rock, roten Käppchen und schwarzem Mieder im Spiegel sieht, findet sie sich richtig blöd.
„Du siehst sehr niedlich aus", sagt Mutter und gibt ihr noch den Weidenkorb in die Hand, mit dem sie immer einkaufen geht. Niedlich will Wiebke nicht sein, viel lieber eine rassige Spanierin, so wie Nina, die mit Jonas am Samstag zum Feiern war. Ob sie ihr mal die schwarze Perücke mit den langen glatten Haaren leiht?
Nina leiht ihr die Perücke und das schwarze Häkeltuch für die Schulter. Mit den Lacksandalen und dem Make-up von Mutter sieht sie wirklich wie eine Spanierin aus.

Frau Schumann, ihre Lehrerin, erkennt sie nicht, als sie in die Klasse kommt. „Raten Sie mal, wer ich bin?" Wiebke schürzt den Rock und wedelt mit dem Fächer.

Frau Schumann rät und rät richtig. Sie erkennt Wiebke an ihren großen braunen Augen.

Wiebke ist lustig. Helmut hat einen Kassettenrecorder mitgebracht und gute Bänder, zum Tanzen.

Sie ist nicht lange lustig. Der weite Rock stört beim Herumhopsen. Und Frank Wormser, als Landstreicher verkleidet, tut, als wenn er betrunken ist. Er setzt eine Limoflasche an den Mund, trinkt, rülpst, stolpert, hält sich an Wiebke fest. Sagt Baby zu ihr, Spanierbaby, und behauptet, er kann keinen Schritt mehr ohne sie laufen.

Wiebke merkt, wie ihr kalt wird und schlecht. Sie muß raus. Frau Schumann sieht es, trotz der braunen Schminke, und schickt sie nach Hause.

Wiebke geht nicht nach Hause. Sie will zu Mutter.

Der kleine Bäckerladen ist voll von Leuten, die Spritzkuchen und Faschingskrapfen oder Berliner kaufen. Es riecht und duftet nach Schmalz und Hefe. Und es duftet noch mehr, als Bäcker Schwertlein ein riesiges silbernes Tablett mit frischen Krapfen reinbringt.

„Du kommst ja genau richtig!" Er lacht sie an und drückt ihr einen Berliner in die Hand. Die Johannisbeermarmelade spritzt, als sie reinbeißt.

Wiebke läuft hinter Herrn Schwertlein in die Backstube. Sie will unbedingt wissen, wo die Berliner gebacken werden. In einem Backapparat. Der sieht so ähnlich aus wie ein Brat-

wurstbräter. Vor dem steht Franz, der Bäckergeselle, mit zwei Holzstäben und wendet die dicken runden Krapfen in dem heißen Fettbad. Es zischt und spritzt. Und Franz sagt, daß Wiebke nicht so nahe rangehen soll, weil das Fett in dem Apparat eine Temperatur von 180 Grad hat.
„Die tragen ja eine richtige Bauchbinde", sagt Wiebke und zeigt auf die hellen Streifen rund um die Berliner.
Franz grinst zufrieden. Die Bauchbinde ist der Beweis dafür, daß sie gut sind.
„Ich habe auch eine Bauchbinde!" Paul tanzt in Charly-Chaplin-Schuhen in die Backstube. Er hat wirklich eine breite Binde um den Bauch. Damit hält er die blau-weiß karierte Bäckerhose von Vater fest. Auch das weiße Hemd, das viel zu groß ist. Die Fliege mit den vielen kleinen Tupfen um seinen Hals ist auch zu groß. Während der Hut auf seinem Kopf mit der weißen Margerite zu klein ist.
„O Paul!" Wiebke klatscht vergnügt in die Hände.
Paul lacht, dabei schieben sich seine rotgemalten Backen nach oben. Er macht die Arme breit, spreizt die Hände mit den weißen Handschuhen nach hinten. Verbeugt sich, streckt den Po hoch und fragt untertänigst an, ob er hochwohlgeborenes Fräulein Spanierin heute nachmittag zur Karnevalsfeier ins Justus-Liebig-Haus einladen darf. Paul darf. Obwohl Wiebke sich heute morgen in der Schule versprochen hat, nie wieder Karneval zu feiern.
Aber sie hat eine Bedingung. – Sie will auch so ein Clown sein wie Paul.

Zwei 2 Clowns

Im Justus-Liebig-Haus hängt ein riesenlanger grüner Drache unter der Decke. In Abständen von einer halben Stunde spuckt er Luftballons, Apfelsinen und Luftschlangen auf die Tanzfläche. Wiebke und Paul haben vier Apfelsinen, zwei Rollen Luftschlangen und drei Luftballons erwischt.

Das reicht, um sich auf die Empore zurückzuziehen. Die ist wie ein Balkon am Ende des Raums. Auf der Treppe nach oben sitzen viele Jungen und Mädchen. Oben stehen Bänke und Stühle und Tische. Alles ist besetzt.

Die beiden finden einen Platz auf der Balkonbrüstung, die durch Seile abgesichert ist.

Nach dem wilden Hopsen, Springen und Hüpfen unten auf der Tanzfläche macht es Spaß, die Beine baumeln zu lassen.

„Schau mal, die beiden Clowns da oben, die sehen aus, als ob sie zusammengewachsen sind", sagt eine Mutter zu ihrem kleinen Jungen. Er ist auch ein Clown. „Du könntest ein Kind von denen sein."

„Hallo, ihr!" ruft der Kleine und winkt.

Wiebke und Paul reagieren nicht. Da stapft er die Treppe hoch. „Was macht ihr denn da?" fragt er.

„Wir spielen."

„Was spielt ihr denn?"

„Ich sehe was, was du nicht siehst."

Das ist ihm langweilig. Er stapft wieder runter.

„Ich sehe was, was du nicht siehst, und das ist eine Prinzessin." Wiebke sagt das so, als wäre sie selbst eine.

„Hat die Prinzessin ein blaues Kleid, goldene Sandalen, eine goldene Krone und lange goldene Haare?" fragt Paul. Wiebke lacht und ruft ja, ja, ja, strampelt dazu mit den Beinen gegen das Holz der Balkonbrüstung.
„Jetzt du!"
„Ich sehe was, was du nicht siehst, und das ist ein Bärenfänger."
„Ist es der da?" Sie zeigt auf einen Jungen, der ein braunes Fell umhängen hat. Und einen Bären auf Rädern hinter sich herzieht. Sie raten noch viele Indianer, Sheriffs, Cowboys, Servierfräuleins, Zauberer, Astronautenmädchen und Rotkäppchen und ein Glückliches Huhn. Das Glückliche Huhn ist ein Mädchen. Sie trägt ein enges weißes Trikot, rote Kniestrümpfe, rote Sandalen, auf dem Kopf einen kleinen roten Filzkamm. Auf dem Rücken ein Schild: „Ich bin ein glückliches Huhn, weil ich draußen frei herumlaufen kann." Das Huhn gackert ununterbrochen, was die beiden da oben zwar nicht hören. Aber sie sehen, wie es den Mund auf und zu macht. Den ersten Preis für das beste Kostüm bekommt das Huhn.
Um fünf Uhr ist Preisverleihung. Jeder, der denkt, daß sein Kostüm einen Preis verdient, soll sich auf der Bühne melden.
„Da mache ich aber nicht mit", sagt Paul und drückt seine Backe an die von Wiebke. Sie zählt die Finger an seiner Hand, sagt, sie will auch nicht mitmachen. Sie möchte hier oben sitzen bleiben, immer und immer. Auf jeden Fall bis um sieben Uhr, dann ist nämlich Schluß hier.
Sie können aber doch nicht so lange da oben sitzen. Als die besten Kostüme prämiert werden, gibt der Mann auf der Bühne bekannt, es wird noch ein Sonderpreis verliehen.

Sonderpreis? Wer den wohl bekommt?

„Die beiden da oben!"

Wiebke und Paul gucken nach links und rechts.

Wo sind denn die beiden?

„Herr Clown und Fräulein Clown!"

„Meinen die vielleicht uns?"

Ja, wen denn sonst. Und sie sollen auf die Bühne kommen. Das wollen sie aber nicht. Sie wollen hier oben sitzen bleiben.

Das geht nicht. Alle Preisträger sind auf der Bühne. Außerdem, der Fotograf will ein Bild machen. Und den Preis, einen roten Ball, müssen sie schon persönlich entgegennehmen.

Wiebke wird der Ball in den Arm gedrückt.

„So, und jetzt ein Küßchen, ein richtiges für den Fotografen", sagt der Mann von der Preisverleihung. Er sagt es laut, durch sein Mikrophon.

„Ja! Küßchen! Küßchen!" brüllt der ganze Saal.

Aber da sind Paul und Wiebke schon von der Bühne. Die Treppe runter, Jacken geschnappt und raus. Sie rennen, als wäre eine ganze Herde von Trampeltieren hinter ihnen her.

17 — Ob das **Liebe** ist?

Am Freitag nachmittag bringt Wiebke ihre Mutter zum Bahnhof. Sie fährt zum Ehefrauen-Seminar nach Haus Burgwald, für drei Tage. Weil Mutter Angst hat, den Zug zu verpassen, sind sie viel zu früh auf dem Bahnsteig.

„Freust du dich eigentlich?" Wiebke streichelt die neue graue Flanellhose, die Mutter zu ihrer blauen Jacke trägt.
Mutter lächelt. Ein bißchen, ein kleines bißchen freut sie sich.
Wiebke denkt, sie sieht richtig hübsch aus, wenn sie lächelt. Gleich ist Mutter aber wieder ernst.
Sie macht sich Gedanken wegen der Bäckerei. Frau Schwertlein hat sich so seltsam benommen, als Mutter um zwei Tage Urlaub bat. Wo doch gerade jetzt an diesem Wochenende im Bereich der Herdstraße Konfirmation ist. Da gibt es in der Bäckerei viel zu tun.
„Wenn sie wüßte, daß du wegen Vater zum Seminar fährst, wäre es bestimmt einfacher gewesen", sagt Wiebke.
Aber davon will Mutter nichts wissen. Sie ist froh, daß keiner aus der Bäckerei eine Ahnung davon hat, daß Vater alkoholkrank ist. Und das soll auch so bleiben.
Wiebke gibt den Tauben, die auf dem Bahnsteig herumtrippeln, den Rest von ihrem Schulbrot.
„Bist du traurig, daß ich wegfahre?" fragt Mutter.
„Nein", sagt Wiebke. Sie ist auch wirklich nicht traurig. Paul ist doch da.
Ein Glück! Mutter weiß nicht, daß sie mit Paul über Vater gesprochen hat. Sie hat ihr streng verboten, mit irgendeinem Menschen darüber zu reden.
Aber Paul ist ja auch nicht irgendein Mensch. Paul gehört zu Wiebke so wie Nina zu Jonas. Jonas liebt Nina.
Ob Wiebke Paul auch liebt? Wenn sie an Paul denkt, wird ihr innen immer ganz warm. Ob das Liebe ist? Sie beschließt, Nina so bald wie möglich nach der Liebe zu fragen.

Die Gelegenheit sieht günstig aus am nächsten Morgen. Da frühstücken Jonas, Nina und Wiebke zusammen. Nina hat in der Tannenallee geschlafen.
Sie hat auch schulfrei am Samstag, so wie Wiebke. Nur Jonas muß zur Schule.
Nina versucht, ihn zu überreden, doch heute mal zu Hause zu bleiben. Zu schwänzen, weil sie da ist. Er geht trotzdem.
Nina sitzt auf ihrem Stuhl, rührt in ihrer Kaffeetasse, in der gar kein Kaffee mehr ist, und sieht nicht sehr fröhlich aus.
Das hätte Wiebke sehen müssen und Nina überhaupt nicht erst fragen, ob sie mal mit ihr über die Liebe reden kann. Denn Nina will nicht reden, und schon gar nicht über die Liebe. Sie ist verärgert und wütend und will allein sein. Und ob Wiebke bitte so nett ist und sie heute in Ruhe läßt. Sie soll mit ihren Freundinnen reden.
Freundinnen hat sie ja nicht. Aber Paul, der freut sich bestimmt, wenn sie kommt.

~

Und wie er sich freut. Herr und Frau Schwertlein auch. Es ist nämlich Hochbetrieb im Geschäft und in der Backstube. Wiebke kann helfen, Brot, Brötchen und Torten auszutragen, denn der Wilhelm, der Lehrling, hat die Grippe.
„Und deine Mutter hat uns ja auch im Stich gelassen", sagt Frau Schwertlein. „Zwei Tage Urlaub, ausgerechnet zur Konfirmation."
„Deine Mutter kann aber ganz schön stechen", sagt Wiebke später zu Paul, als sie zusammen die Bestellungen wegbringen.
„Ja, das kann sie", Paul kennt das. „Aber sie meint es nicht

so. Es ist wegen der Zwillinge. Sie ist ungenießbar, sobald sie keine Zeit für Eva und Marie hat. Dann dreht sie durch."
„Wie war das denn, als du klein warst?"
Das weiß er nicht mehr so genau. Aber er kann sich erinnern, daß sie viel im Geschäft sein mußte. Das war für Paul nicht schlimm. Er blieb bei seinem Vater in der Backstube. Und am Nachmittag hatte der ja frei.
„Bist du manchmal eifersüchtig auf Eva und Marie?"
Paul grinst. „Spinnst du. Ich bin froh, daß sie da sind. Da hat Mutti wenigstens was zum Knuddeln. Sonst kriegte ich das alles ab."

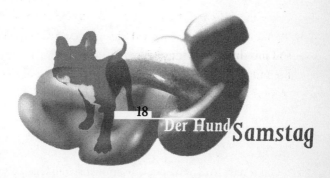

18 Der Hund Samstag

Wiebke und Paul sind müde. Vom Torten- und Kuchenaustragen und vom vielen Treppensteigen.
Sie liegen zusammen auf der Tennenmatratze zwischen den Büchern und lesen. Paul, lang auf dem Bauch, liest vor.
Wiebke, zu einer Kugel zusammengerollt, hört zu.
Sie mag das. Mag seine Stimme, mag es auch, wenn Paul ab und zu an ihren Haaren zupft.
„He, ihr Müdmänner und Müdfrauen!"
Die beiden fahren erschrocken hoch.

Klick macht es. Uli, Pauls Freund, hat sie fotografiert.
Seit Uli zum Geburtstag die neue Kamera bekommen hat, macht er laufend solche Späße. Überall schleppt er seinen Fotoapparat mit, sogar in die Schule.
Erst am Montag gab es Ärger wegen eines Fotos, Uli hatte Herrn Burenberg, seinen Lehrer, beim Gähnen erwischt und fotografiert. Uli stellte das Bild der Schülervertretung zur Verfügung. Die brachte es in ihrer Schülerzeitung mit der Unterschrift heraus: „Ist Schule wirklich so langweilig?"
Uli ist gekommen, um die beiden mit ins Kino zu lotsen.
Was gibt es denn?
Dschungelbuch.
Dschungelbuch? – Da gehn sie mit. Und Geld haben sie auch dafür. Herr Schwertlein hat jedem von ihnen sieben Mark geschenkt, fürs Austragen.
Auf der Straße wartet Gert. Er geht in die gleiche Klasse wie Uli und Paul und will auch ins Kino.
Die vier erwischen die letzten Plätze, vorn in der ersten Reihe.
„Das Paar will natürlich zusammensitzen", sagt Uli und läßt ihnen den Vortritt. Wiebke wird rot. Das sieht Uli nicht, weil es schon dunkel im Kino ist. Manchmal kann sie Uli nicht leiden. Zum Beispiel jetzt. Sie rutscht in den Sessel neben Paul.
Ihr fällt ein, daß sie lange, sehr lange nicht im Kino war. Zuletzt mit Vater in einem Hundefilm. Der war sehr traurig. Wiebke weinte, und Vater weinte. Und sie hatten nur ein Taschentuch.
Der Yogibär im Dschungelbuch ist lustig. Uli auch. Er lacht

so laut, daß ein Herr ihn anstupst und um Ruhe bittet. Uli lacht trotzdem weiter und gluckst dabei.

~~~

Nach dem Kinobesuch ziehen vier Yogibären über die Hauptstraße nach Hause. Die vier sind Wiebke, Paul, Uli und Gert. Sie setzen die Füße wie Yogibär und singen wie Yogibär das Lied von der Gemütlichkeit.
Uli macht das besonders gut. Vielleicht weil er so große Füße hat (Schuhgröße 40) und weil er überhaupt ein bißchen wie ein Bär ist.
In der Brunnenallee ist Uli kein Bär mehr. Da ist er plötzlich Fotograf, der in einem Vorgarten die ersten Schneeglöckchen entdeckt. Sie stehen an der Mauer und verraten, daß bald der Frühling kommt.
Gert entdeckt als erster den Hund vor der Bäckerei Schwertlein, angebunden an dem Ring, den Herr Schwertlein für Hunde angebracht hat, die ja nicht ins Geschäft dürfen.
„Ob den jemand vergessen hat?" überlegt Paul.
„Den hat niemand vergessen", sagt Gert. „Der ist ausgesetzt worden." Er zieht an dem braunen Stück Schuhband, mit dem der Hund festgebunden ist.
„Wie der zittert!" Wiebke streichelt ihn.
Uli muß den Hund natürlich sofort fotografieren. Dann bindet er ihn los. Ob der wegläuft?
Aber er bleibt sitzen und schaut in Richtung Gartenweg, als warte er auf jemand.
Sie raten, was es wohl für ein Hund ist. Klein und schwarz, ein struppiges Gesicht mit einer dicken Nase und großen

braunen Augen. „Ich glaube, er ist eine Mischung zwischen Schnauzer und Terrier", meint Wiebke.

Gert wirft ihr einen anerkennenden Blick zu. Genau das meint er auch.

„Der hat bestimmt Durst und Hunger", Paul schellt an der Wohnungstür. Er wartet umsonst auf das wohlbekannte Surren. Niemand öffnet. Die Eltern wollten mit den Zwillingen spazierengehen.

Was sollen sie denn jetzt mit dem Tier machen?

Uli darf keinen Hund mit nach Hause bringen. Gert auch nicht, sie haben schon drei von den Viechern.

„Und ich darf wegen Vater nicht, der kann Hunde nicht ausstehen", sagt Wiebke.

„Aber der ist doch zur Kur", sagt Paul.

„Dein Vater auch?" fragt Gert. Er erzählt ihr, daß sein Vater in Bad Nauheim zur Kur ist. Sein Herz ist krank.

„Was hat denn deiner?"

Wiebke dreht das Ohr von dem Hund zu einer kleinen Rolle und wirft Paul einen Blick zu.

„Ihr Vater ist wegen der Leber zur Kur", sagt Paul schnell und ist froh, daß ihm eingefallen ist, wie Wiebke ihm erzählt hat, ihr Vater sei durch das Trinken leberkrank geworden.

„Falls niemand von uns den Hund behalten darf, müssen wir ihn ins Tierheim bringen." Gert sagt das.

Wiebke nimmt das kurze Stück Leine und zieht den Hund hinter sich her.

„Mal gucken, was Jonas und Nina zu ihm sagen." Paul, Gert und Uli ziehen mit.

Jonas und Nina stürzen sich auf den Hund, als hätten sie

nur auf ihn gewartet. Wiebke wußte gar nicht, daß Jonas schon immer unbedingt einen Hund wollte, und zwar so eine Mischung wie diesen hier. Natürlich bleibt er bei ihm. Den gibt er nicht mehr her. Jonas tut, als hätte er den Hund gefunden.

Nina findet den Namen für den Hund. Er soll nicht Strupp und auch nicht Ferdinand und auch nicht Tom heißen, sondern Samstag, weil heute Samstag ist. Damit sind alle einverstanden.

Malu, die schwarze Katze, empfindet Samstag als Eindringling. Sie sitzt auf Wiebkes Arm und faucht.

„Wenn Vater den Hund sieht, flippt er aus."

„Er sieht ihn ja nicht", sagt Jonas.

Und Mutter, was sagt die, wenn sie heute abend wiederkommt?

Mutter schreit! Sie kommt erst viel später als erwartet, mitten in der Nacht.

Weil sie niemand wecken will, schleicht sie mit bloßen Füßen ins Schlafzimmer, dann ins Klo. Auch das Licht schaltet sie nicht ein.

Und da ist plötzlich etwas Nasses, Kaltes, Schnaufendes an ihrem Knie und etwas Struppiges.

„Einbrecher! Hilfe! Hilfe!"

Jonas und Wiebke machen Licht. Da sieht Mutter, wen sie für den Einbrecher gehalten hat.

Samstag darf bleiben

Samstag gefällt Mutter.

Trotzdem, sie können das Tier nicht behalten, weil Vater Hunde nicht ausstehen kann.

„Er ist doch zur Kur", verteidigt Jonas den Hund.

„Aber in gut drei Monaten kommt er zurück."

Außerdem kostet so ein Hund Geld, Steuer und Futter.

Sie bekommen alle drei kalte Füße auf dem kalten Steinfußboden im Bad, weil sie so lange diskutieren müssen, ob Samstag bleibt oder nicht. Schließlich einigen sie sich – er bleibt. Allerdings soll Jonas sich am nächsten Tag erkundigen, ob er vermißt wird, bei der Zeitung, beim Tierheim.

„Komm, Samstag!" Der Hund trottet mit Jonas in sein Zimmer. Wiebke kriecht zu Mutter ins Bett. Sie hat so kalte Füße. Unter dem dicken Federbett gibt Mutter ihr erst mal einen Kuß. Von Vater.

„Hast du ihm meinen Kuß auch gegeben?"

„Ja natürlich."

„Hat Vater dich auch geküßt?"

„Ja."

„Früher wolltest du immer, daß er dich küßt, wenn er aus dem Büro nach Hause kam."

„So?" Mutter wundert sich. „Das weiß ich gar nicht mehr."

„Aber ich. Ich weiß auch noch, daß ihr immer Krach bekommen habt, nach dem Küssen. Weil du da nämlich gemerkt hast, daß er wieder getrunken hat."

Sie seufzt.

„Das war, als er heimlich trank. Wenn er gesund werden will, darf er nie wieder trinken."

„Das ist aber sehr gut", murmelt Wiebke schon halb im Schlaf.

Dicke rote Radieschen

Dienstag abend gegen acht Uhr pfeift Wiebke bei Paul unterm Fenster. Sie kann zwar nicht gut pfeifen, aber Paul hört es trotzdem.

Als er sie sieht, kommt er sofort herunter.

„Ich muß dich unbedingt sprechen." Ihr Gesicht ist ernst.

„Ist was mit dem Hund? Hat der Besitzer sich gemeldet?"

Paul streichelt Samstag, der an der Leine ist und nicht nur mit dem Schwanz zeigt, wie er sich über das Wiedersehen freut.

„Nach dem Hund hat noch niemand gefragt", sagt Wiebke. „Das ist in Ordnung. Nur mit Mutter ist was nicht richtig." Wiebke hält das nicht mehr aus.

Paul zieht sie neben sich auf die Treppenstufe vor dem Haus. Wiebke sagt, Mutter ist seit Montag morgen ganz verändert. Und sie kennt sie gar nicht wieder. Als wenn sie krank ist oder gar nicht da ist oder beides zugleich.

Paul fällt ein, daß seine Eltern heute mittag beim Essen etwas Ähnliches von Wiebkes Mutter sagten.

Sie habe wie geistesabwesend die Kunden bedient.

„Ob sie ein Problem hat?"
„Ja, nur sie sagt nicht, welches. Damit muß sie allein fertig werden. Das kann ihr niemand abnehmen, behauptet sie."
„Vielleicht will sie sich doch von deinem Vater scheiden lassen, wegen dem Trinken?"
Das weiß Wiebke nun ganz genau, daß sie das nicht will. Weil sie Vater doch geküßt hat.
Und er sie.
„Wo ist deine Mutter denn jetzt?"
„Zu Hause. Sie sitzt im Sessel, sieht Fernsehen und guckt nicht hin."
„Strickt sie?"
„Das ist es ja gerade, was so verdächtig ist. Sie strickt nicht, obwohl der angefangene Pullover für Vater neben ihr liegt."
„Da muß wirklich was nicht richtig sein", meint Paul auch. „Wo sie doch sonst immer strickt, wenn sie Probleme hat."
Ob das mit dem Seminar in Haus Burgwald zusammenhängt?
Wiebke weiß es auch nicht. In der Nacht, als sie zurückkam, war sie sehr froh. Das mit der Traurigkeit fing erst am Montag nachmittag nach ihrer Arbeit in der Bäckerei an. Da war ihre Stimme ganz klein und ihr Gang, als wenn sie einen schweren Sack vor sich herschiebt.
„Warum sagt sie nicht, was in dem Sack ist?"

Sie sagt es, zwei Tage später beim Kaffeetrinken am Nachmittag. Es gibt Rosinenbrötchen von Schwertleins. Als Jonas feststellt, daß Bäcker Schwertleins Brötchen eine Wucht

sind, schiebt Mutter plötzlich ihren Teller zur Seite und sagt, daß sie heute abend noch mal zu Schwertleins will. Weil sie mit ihnen reden muß. Und falls Wiebke und Jonas wissen wollen, worüber sie mit ihnen redet, dann kann sie nur sagen, über etwas, was ihr beim Ehefrauen-Seminar in Haus Burgwald klargeworden ist.
Sie ist es nämlich leid, weiterhin Versteck zu spielen. Und sie will endlich die Wahrheit sagen, wegen Vater. Daß er trinkt, daß er zur Ent-
ziehungskur ist. Weil sich nämlich keiner von ihnen dafür schämen muß. Schließlich ist Vaters Trinken eine Krankheit.
„Aber eine unanständige Krankheit", sagt Jonas.
Wiebke drückt die Augen zu. Als Jonas das mit der unanständigen Krankheit sagt, sieht sie Vater betrunken auf der Treppe.
„Bist du darum in den letzten Tagen so unausstehlich gewesen?" fragt Jonas die Mutter.
„Ja. Ich weiß nicht, wie Herr und Frau Schwertlein reagieren. Vielleicht, wenn sie hören, Vater trinkt, kündigen sie mir die Stelle."
„Und du sagst es trotzdem?"
„Ja, ich ersticke sonst." Sie steht auf.
Jonas sieht sie an. „Ich hoffe, du erwartest nicht von mir, daß ich mir ein Schild umhänge: Mein Vater ist ein Trinker."
„Nein!" Die Tür fällt hinter ihr zu.
Als sie auf dem Flur ihren Mantel anzieht, sind Wiebke da und Samstag.
„Ich will mit dir gehen."
„Nein", sagt Mutter. „Laß mich allein."

Sie bringt Mutter bis zur Gartentür. Hier wird sie warten, bis sie zurückkommt.
Warten ist langweilig. Für Wiebke und für den Hund.

～

Als Mutter zurückkommt, findet sie ihre Tochter im Garten hinterm Haus. Sie hat sich einen Spaten aus dem Gartenhäuschen geholt und schon zwei Beete umgegraben.
„Du hast es aber in diesem Jahr sehr eilig! Was willst du denn säen?"
„Radieschen!" ruft Wiebke. Und zeigt eine kleine Samentüte mit dicken roten Radieschen drauf.
Ihr Backen glühen vom Arbeiten.
Mutters Backen glühen auch, vom schnellen Laufen.
„Haben sie dir gekündigt?" Wiebke findet die Frage im gleichen Augenblick überflüssig. Mutter sieht wirklich nicht gekündigt aus.
Ist sie auch nicht. Im Gegenteil. Schwertleins haben ihr sogar das Gehalt um 150 Mark erhöht. Nach den zwei Monaten Einarbeitungszeit in der Bäckerei war das sowieso fällig. Und natürlich kann Mutter zum Kinder-Eltern-Seminar im April frei haben. Das ist doch selbstverständlich. Außerdem, warum sie nicht schon viel früher was von Vater und dem Trinken gesagt hat.
„Jetzt bist du aber froh?"
„Ja!" Mutter fährt mit den Fingerspitzen über die Zweige vom Johannisbeerstrauch. „Aber ganz froh bin ich nicht."
Wiebke will wissen, warum sie nicht ganz froh ist.
Weil es so schwer war, Herrn und Frau Schwertlein zu überzeugen, daß Vaters Trinken eine Krankheit ist. Und

weil sie nicht glauben, daß er jemals mit dem Trinken wieder aufhören kann. Daß er gesund wird.
„Glaubst du es denn?"
„Ja!" sagt Mutter, und es hört sich an wie nein.
Das macht Wiebke traurig.
Sie zieht die Samentüte aus der Tasche, reißt sie auf und läßt den Samen in die offene Hand rollen.
„Was ist denn das?" ruft sie. „Diese winzigen kleinen Kugeln sollen Radieschen sein?" Sie hält Mutter die braunen Perlen unter die Nase.
„Kannst du dir vorstellen, daß daraus Radieschen werden?"
Mutter nickt. „Wenn du die kleinen Dinger in die Erde legst, werden daraus dicke Radieschen."
„Das glaube ich nicht!"
„Aber es stimmt!"
Wiebke staunt. „Wenn das stimmt, daß aus diesen Winzlern in der Erde dicke, fette Radieschen werden, dann stimmt es auch, daß Vater in der Kur in Haus Burgwald gesund wird."

Pferdeäpfel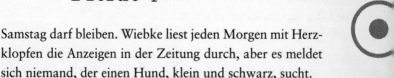

Samstag darf bleiben. Wiebke liest jeden Morgen mit Herzklopfen die Anzeigen in der Zeitung durch, aber es meldet sich niemand, der einen Hund, klein und schwarz, sucht. Mutter möchte Samstag auch nicht mehr weggeben. Noch dazu, wo Nina und Jonas sich bereit erklärt haben, das Geld für die Hundesteuer aufzutreiben.

Und Wiebke hat versprochen, für das Futter zu sorgen.
„So ein kleiner Hund frißt bestimmt nicht viel."
Jede Woche zwei Mark von ihrem Taschengeld, das reicht sicher. Es reicht nicht. Darum versucht sie, Geld für Futter dazuzuverdienen.
„Nichts leichter als das", verkündet Paul. Nur, so leicht, wie er es sich vorstellt, ist es nicht.
Zuerst versuchen sie es auf dem Flohmarkt. Der ist am Samstag vormittag auf dem Königsplatz. Wiebke und Paul schleppen einen Waschkorb voll alten Kram auf den Flohmarkt. Und sie schleppen auch fast den ganzen Waschkorb voll wieder nach Hause. Sie verkaufen nur drei Säckchen Bausteine, ein Katzenpuzzle und zwei kleine Autos.
Es regnet den ganzen Vormittag, kalt ist es auch, und es sind kaum Leute da, die etwas kaufen wollen. Den beiden gefällt es trotzdem. Sie sitzen unter Wiebkes kleinem Regenschirm auf der Holzkiste und müssen sich eng aneinanderdrücken, damit sie nicht naß werden. Sie wärmen sich gegenseitig. Das bißchen Geld, das sie vom Flohmarkt mitbringen, reicht nicht lange für Hundefutter.
Wiebke muß sich was anderes einfallen lassen.
Ihre Idee, frische Radieschen und Schnittlauch aus dem Garten auf dem Markt zu verkaufen, findet bei Paul große Zustimmung. Da macht er mit.
Aber als er mit ihr losgehen soll, Pferdeäpfel von der Straße zu sammeln, streikt er.
Ist das denn überhaupt nötig?
Ja, darauf besteht sie, seitdem Vater aus Haus Burgwald geschrieben hat, daß bei ihnen im Garten kein Kunstdünger verwandt wird.

„Es gibt nichts Besseres als Naturmist!" Außerdem will sie die Leute, die ihre Radieschen kaufen, nicht vergiften.
Sie nimmt den Eimer und geht los.
Jeden Freitag gegen vier Uhr ziehen die beiden Brauereipferde mit dem Bierwagen von der Brauerei durch die Stadt. „Da müssen wir hinterher, bis sie was fallen lassen."
Paul läuft mit, obwohl es ihm entsetzlich unangenehm ist. Wiebke ist es nicht unangenehm. Sie baumelt mit dem Eimer, in dem Kehrblech und Handfeger sind, und paßt auf.
„Bitte, bitte, liebe Pferde, heute keine Pferdeäpfel!" fleht Paul die Ackergäule von hinten an.
Einer der beiden scheint ihn zu verstehen. Der andere offensichtlich nicht. Genau an der Straßenbahnhaltestelle Gunterstraße hebt er den Schwanz. Warm dampfend fallen die Äpfel auf den Asphalt.
„Komm, Paul, schnell, ehe die Autos drüberfahren!" Wiebke winkt mit dem Handfeger.
Noch einer winkt. Pauls Lateinlehrer, der an der Haltestelle auf seine Straßenbahn wartet.
Paul haut ab! Er läßt Wiebke allein! – Als sie ihren vollen Eimer durch die Tannenallee schleppt, beschließt sie, Paul nicht mehr zu kennen. Er ist nicht mehr ihr Freund.

～

Und dann kann sie die Pferdeäpfel nicht einmal gleich an die Radieschen tun. Mutter sagt, so frisch wären die viel zu scharf, und die kleinen Pflanzen würden sofort eingehen.
Der Entschluß, daß Paul nicht mehr ihr Freund ist, ist ziemlich schlimm. Noch dazu, wenn er eine Stunde später vor dem Gartentor steht und schellt. Und Wiebke allein ist.

Seit dem Seminar geht Mutter am Freitag immer in die Gruppenstunde vom Freundeskreis. Da trifft sie sich mit Menschen, zu denen sie offen und frei reden kann und die sie auch verstehen. Denn alle haben das gleiche Problem, den Alkohol. Mutter sagt, daß sie sich da wohl fühlt, darum wird es meistens sehr spät am Abend. Nina und Jonas sind auch nicht da.

Trotzdem! Wiebke öffnet Paul nicht die Tür. Sie bleibt auf ihrem Stuhl sitzen und teilt ihre Käse-Spaghetti mit Malu und Samstag. Die beiden sind ganz verrückt darauf. Paul auch! – Aber mit Paul ist es aus.

22 Bademeister Bäcker

Das Aus ist am nächsten Tag vorbei, um drei Uhr. Da wartet Paul mit Eva und Marie vor dem Haus in der Tannenallee. Die Zwillinge tragen weiße Bommelmützen, weiße Jäckchen, und auf dem Kinderwagen ist eine Decke mit Blümchen. Paul fragt, ob Wiebke Lust hat, ihm beim Schieben zu helfen.

„Nein", sagt sie. Wenn, will sie allein schieben. Aber vorher muß sie Pauls Pullover anziehen, er hat ja auch ihren an. Außerdem wird sie die Haare hochstecken, das macht älter. Und wenn er glaubt, daß sie mit ihm durch die Felder hinterm Haus läuft, hat er sich geirrt. Sie will in den Park. Wiebke wünscht sich schon so lange, einmal die Zwillinge auszufahren. Jetzt, wo es soweit ist, sollen es auch die anderen sehen.

Sie sehen es. Denn im Park sind viele Menschen. Die Sonne streichelt, Vögel singen, Osterglocken leuchten auf den Wiesen wie Sternenbündel.
Samstag schnappt ausgelassen nach seinem Schwanz.
Die beiden sind auch ausgelassen. Wie die Zwillinge. Die kreischen vor Begeisterung, wenn Wiebke sie am Bauch kitzelt. Es gefällt ihnen auch, daß der Kinderwagen einen Schubs bekommt, ein Stück allein über den Weg rollt und Paul „uhu" ruft und hinterherläuft.
Laufen macht müde. Sie finden einen Platz auf einer der vielen Bänke.
Paul streckt die Beine lang und behauptet, sich überhaupt nicht zu freuen, daß bald Sommer ist. Weil er dann so schwitzen muß, in Wiebkes Pullover.
„Du kannst ihn doch ausziehen."
Aber das will Paul ja gerade nicht. Selbst wenn er in diesem Sommer einen Hitzschlag bekommt, er wird den Pullover weiter tragen.
Wiebke legt ihren Kopf auf seine Schulter, verkündet, auch lieber einen Hitzschlag zu bekommen, als Pauls Pullover auszuziehen. Besonders jetzt, wo Mutter den Tausch offiziell bewilligt hat.
Seit dem Seminar weiß sie Bescheid, warum ihre Tochter ihn nicht leiden kann.
Wiebke blinzelt in die Sonne und wünscht sich, eine Ente zu sein. Dann könnte sie wie die Enten da in dem Teich im kalten Wasser schwimmen und bräuchte nicht in der Hitze zu braten.
„Kannst du überhaupt schwimmen?"
„Also, das ist eine Beleidigung!" Natürlich kann sie

schwimmen. Nur ihre Mutter, die kann es noch nicht. Aber die will es lernen, sobald das Freibad geöffnet ist.
Paul grinst. „Dann kommt sie wohl beim Bademeister Bäcker an die Angel."
„Kennst du den?"
Ja, er kennt ihn gut, den Bademeister Bäcker, der eigentlich Helmut Hopper heißt. Aber er nennt ihn Bademeister Bäcker, weil er nämlich bei Pauls Vater in der Backstube war und die Mehlkrankheit bekam.
„Mehlkrankheit, was ist denn das?"
„Sobald er Mehl anfaßte, war sein Körper voll mit Pickelchen. Da hat er umgeschult."
Wenn Wiebke mag, können sie ja mal zu ihm gehen.

~

Das Freibad liegt in der Straße hinterm Park. Es ist zu, erst Ende April wird es geöffnet, so steht es vorn an der Kasse. Aber die kleine Tür ist offen.
Bademeister Bäcker freut sich, daß Paul ihn mit den Zwillingen und der Freundin besucht.
Er schrubbt mit zwei anderen Männern zusammen das Schwimmbecken, pafft ein paar kleine Wolken aus seiner Tabakspfeife und fragt, ob Paul immer noch Bibliothekar und Bäcker werden will.
Ja, das will Paul immer noch.
„Richtig, Junge", sagt Bademeister Bäcker. „Du siehst es ja an mir. Ich habe auch zwei Berufe."
Er sagt, daß es ihm gutgeht, so den ganzen Tag in der frischen Luft. Nur manchmal, wenn er an einer Bäckerei vorbeigeht und das Brot riecht und die Brötchen, dann packt

es ihn. Er reibt sich die Augen, als wollte er was wegwischen.
„Wer trägt denn jetzt morgens die Brötchen aus?"
„Niemand!"
„Niemand?" Ihm fällt fast die Pfeife aus den Zähnen. Also für ihn war das Brötchenaustragen früher fast das Schönste gewesen. Mit dem Rad, dem Weidenkorb und den heißen, frischen Brötchen loszufahren und zu sehen, wie die Leute sich freuen. Vor allem der alte Schnierpel und die beiden Fräuleins aus der Elisenstraße, die oben in der Dachwohnung lebten.
„Ist das alles vorbei?" fragt Bademeister Bäcker.
„Ja!" sagt Paul. Doch dann schreit er: „Nein, nein, nein! Nichts ist vorbei!" Er hüpft hoch, als wollte er das Dreimetersprungbrett erreichen, schlägt sich dann die rechte Faust in die linke Hand und behauptet, der größte Hammel aller Zeiten zu sein. Er wirft die Arme um Wiebkes Hals und küßt sie, mitten auf den Mund. Einfach so.
Jetzt, jetzt weiß er endlich, wie sie Geld verdienen können für Samstag. Sie tragen Brötchen aus, morgens, zum alten Schnierpel und zu den Fräuleins und noch anderen. Warum ist er bloß nicht früher darauf gekommen!
Paul will wissen, ob Wiebke damit einverstanden ist, denn sie müssen ja zum Brötchenaustragen früh aufstehen.
„Ja", sagt Wiebke. Sie ist einverstanden.
Warum sie dann dasteht wie ein Mondmensch?
Weil sie überhaupt nicht einverstanden ist, daß Paul sie geküßt hat. Sie wollte doch Paul zuerst küssen.

Liebe Wiebke!

23

Die Osterferien sind da. Eigentlich wollte Wiebke jeden Morgen bis um elf Uhr im Bett bleiben und lesen. Das geht aber nicht. Die Leute wollen auch in den Ferien frische Brötchen haben.

Jeden Morgen um sieben Uhr ziehen Paul und Wiebke mit dem Brötchenkorb und den Rädern los, so wie früher Bademeister Bäcker. Fast wäre nichts daraus geworden, weil Wiebke kein Rad hatte und auch nicht fahren konnte. Aber Frau Schwertlein, die ja jetzt mit den Zwillingen kaum zum Fahren kommt, hat ihr das Rad geliehen. Wiebke lernte das Fahren an einem Nachmittag mit Paul.

Das will Mutter sofort an Vater schreiben. Seit sie im Ehefrauen-Seminar war, sitzt sie manchmal und schreibt. Von Vater kommen oft Briefe, lange Briefe an Mutter.

Einmal ist auch einer an Wiebke dabei. Er fängt mit

„Meine liebe Wiebke!"

an. Und so geht er weiter:

„Jetzt ist es Abend, und ich sitze bestimmt schon eine halbe Stunde vor meinem Papier und überlege, wie ich den Brief anfangen soll. Dabei fällt mir ein, ich habe Dir noch nie geschrieben.

Hier am Fenster, mit dem Blick in den Garten, in dem wie

Ostereier die bunten Krokusse und Aurikelchen blühen, sitze ich oft am Abend. Dann denke ich an Euch, an Mama, an Jonas und an Dich. Damit Du weißt, wie es überhaupt in so einer Kur im Heim zugeht, erzähle ich es Dir.

Morgens um sechs Uhr ist die Nacht für mich vorbei. Da stehe ich auf, so wie zu Hause, als ich noch nicht getrunken habe und zu meiner Arbeit ging.
Wie früher auch, dusche ich und treibe entweder Frühsport oder laufe mal eben durch das Wassertretbecken vor dem Haus.
Im Moment habe ich Küchendienst und bereite mit zwei anderen das Frühstück für zweiundvierzig Patienten. Es gibt Brot und Butter und Kaffee und Marmelade und Honig und frischen Käse.
Mir macht das Spaß. Ich freue mich schon, das Frühstück für Euch alle zu Hause zu machen.
Wir frühstücken zusammen bis um acht Uhr. Hinterher ist Arbeitsbesprechung. Die Gärtner, die Handwerker, die Landwirte und die Hausgruppe tragen vor, welche Arbeiten für den Tag anfallen.
Die Gruppenstunde beginnt um halb neun Uhr.
Wir Patienten sind in verschiedene Gruppen eingeteilt. A-, B-, C- und E-Gruppen. Die Neuangekommenen sind in der A-Gruppe, die bald nach Hause kommen, sind in der E-Gruppe.
Ich bin im Moment in B.
Wir sind zehn Patienten und ein Therapeut.
Ein Therapeut ist einer, der sehr viel Ahnung davon hat, wie es in einem Menschen innen aussieht, also in seiner Seele. Er versucht, im Gespräch mit uns herauszufinden, was in unserem Leben nicht richtig war, warum wir Alkohol getrunken haben.

Das ist nicht einfach. Denn ich habe vieles vergessen, was ich als Kind und später erlebt habe. Wenn ich den Grund kenne, kann ich besser etwas dafür tun, daß ich in Zukunft keinen Alkohol mehr trinke.
Dieses halbe Jahr, das ich hier bin, ist ja nicht nur dazu da, mir das Trinken abzugewöhnen.
Wichtig ist auch, daß ich lerne, vor Problemen nicht mehr wegzulaufen. Und wichtig ist auch, daß ich mich selber wieder leiden kann. Wenn ich zurückdenke, war es eine schlimme Zeit mit mir. Ich hoffe nur, daß Du und Mama und Jonas mir nicht mehr böse deswegen seid.
Mein Therapeut ist ein Mensch, zu dem ich gleich Vertrauen hatte. Er ist ruhig und freundlich. Aber er erwartet auch von mir, daß ich mitmache, wenn ich gesund werden will.
Zuerst hatte ich sehr viel Angst und Hemmungen.
Die Gruppenstunde geht bis um zehn Uhr, dann ist eine kleine Pause. Hinterher wartet in der Küche das Frühstücksgeschirr auf mich. Das wird aber nicht mit der Hand gespült. Das machen große Maschinen.
Gegen halb zwölf decken wir die Tische. Das Geschirr und die Decken und die bunten Frühlingsblumen passen gut zusammen. Ich hatte es ganz vergessen, wie gut es ist, miteinander am Tisch zu sitzen und zu essen. Noch dazu, wo das Essen hier so gut schmeckt.
Danach wird die Post ausgegeben, auf die wir natürlich schon den ganzen Vormittag gewartet haben.
Anschließend wird ein Tagesspruch vorgelesen. Da höre ich immer genau zu, weil da oft so gute Sachen gesagt werden. Einer fällt mir gerade ein. ‚Der kürzeste Weg zwischen zwei Menschen ist ein Lächeln.'

Das will ich mir merken. Bisher habe ich Dir so wenig Grund zum Lächeln gegeben. Ich will das in Zukunft anders machen, dann haben wir alle Grund zum Lachen.
Von halb eins bis ein Uhr ist Pause.
Da verschwinde ich meistens in meinem Zimmer, das ich mit einem anderen Patienten teile. Manchmal lese ich, Briefe oder Zeitungen, oder ich mache mir Notizen. Jeden Tag schreibe ich auf, was ich erlebt habe.
Das Abwaschen und Aufräumen und die Küche saubermachen dauert meistens zwei Stunden.
Nach der Kaffeepause um drei Uhr müssen wir schon wieder an das Abendbrot denken. Dazwischen ist aber noch eine Stunde Arbeitsbesprechung.
Den Abend verbringe ich oft im Gemeinschaftsraum, wir spielen und unterhalten uns.
Wenn ich ins Bett gehe, lese ich meistens noch. – Und denke an Euch.

Meine liebe Wiebke, bald ist hier das Kinder-Eltern-Seminar. Ich freue mich so auf Dich und Mama und Jonas. Zum Seminar sind viele Kinder von anderen Patienten da. Wie ich gehört habe, soll es großen Spaß machen.
Bestimmt hast Du mir viel zu erzählen. Ich glaube, wenn Du mich jetzt mal anders erlebst, magst Du auch wieder richtig mit mir reden.
Übrigens, Mama teilte mir mit, daß Du und Jonas sehr viel zu Hause im Haushalt helft. Das ist lieb von Euch, finde ich prima.
Schreibst Du mal?
Ich umarme Dich und drücke Dich ganz fest.

Bestell Mama und Jonas liebe Grüße und drück Mama einen Kuß auf die Backe.
   Dein Vater."

„Schreibst du ihm?" fragt Paul, als Wiebke ihm den Brief vorliest.
„Nein."
Paul findet das nicht gut. Wo er doch immer den ganzen Morgen auf Post wartet.
Wiebke kann trotzdem nicht.
„Ich kenne ihn gar nicht mehr."
„Du kennst doch deinen Vater", sagt Paul.
Ja, aber Wiebke kennt ihn nur mit Alkohol, fast nur mit Alkohol. Selbst wenn er nicht getrunken hatte, war der da. Und das stimmt ja nun nicht mehr. Er schreibt es doch in dem Brief. Daß er sich verändert, anders wird. Vielleicht so, wie er eigentlich richtig ist. Und dieser andere Vater ist ihr fremd. Dem kann sie nicht schreiben.
Hoffentlich erkennt sie ihn überhaupt wieder, wenn sie mit Mutter zum Kinder-Eltern-Seminar nach Haus Burgwald fährt.

Vater 24

Jonas fährt am Freitag nicht mit zum Kinder-Eltern-Seminar nach Haus Burgwald.
„Kannst du dich nicht doch dazu entschließen?" fragt Mut-

ter am Abend vorher. Sie bügelt im Wohnzimmer Wiebkes Faltenrock.

„Nein", sagt Jonas. „Ich will Vater nicht sehen. Und ich fahre nicht mit."

Als er das sagt, steht er aus dem Sessel auf und wickelt seine langen Arme um Mutter.

Sie drückt ihren Kopf an seine Backe und sagt, daß Jonas kratzt.

Er sieht aus wie ein richtiger Mann, überlegt Wiebke. Jonas hat sich verändert. – Mutter auch. – Ob sie sich auch verändert hat? – Und Vater?

Jonas bringt Wiebke und Mutter mit dem Auto zum Bahnhof. Er wartet nicht, bis der Zug kommt. Er mag das Gewinke nicht, wie er sagt. Wiebke sieht ihm nach, als er mit großen, schnellen Schritten weggeht.

Eigentlich findet sie es gemein, daß er nicht mitfährt. Aber andererseits findet sie es gut. Sonst könnte sie nämlich jetzt nicht mit Mutter Zug fahren. Sie mag es, im Zug zu sitzen, so wie jetzt.

Die Welt draußen ist wie ein Bilderbuch. Obwohl die Fensterplätze besetzt sind, sieht sie die Dörfer, Städte, Wiesen und Berge an sich vorbeiflitzen.

Immer, wenn in dem Bilderbuch ein gelbes Rapsfeld leuchtet, muß sie Mutter darauf aufmerksam machen. Und wenn da plötzlich eine Burg auftaucht, muß sie das auch mitteilen.

„Sei doch still", sagt Mutter beim dritten Mal. „Was sollen denn die Leute denken?"

Die Leute sind die beiden Damen am Fenster.

Freundlich waren die nicht, als sie gefragt haben, ob noch Platz wäre.

Mutter hockt da, als hätte sie kein Recht, hier zu sitzen. Wenn sie so klein und unsicher ist, macht sie auch Wiebke immer klein und unsicher.

Das will Wiebke nicht. Sie holt Buch und Apfel aus der Tasche, drückt sich ins Polster und vergißt für eine Weile alles um sich herum.

~

Erst in Frankfurt taucht sie wieder auf, als Mutter sie anstupst. „Hinter Frankfurt kommt Darmstadt!"
Von Darmstadt aus geht es mit dem Bus durch die Stadt, über Eberstadt ins Mühltal. Wiebke schirmt mit der Hand ihre Augen ab, damit sie in der Sonne besser sehen kann. Irgendwo am Weg entdeckt sie eine braune Mühle.
„Jetzt ist es nicht mehr weit bis zum Haus Burgwald."
Mutter nimmt Wiebkes Hand.
„Frierst du, du hast ja ganz kalte Hände?" fragt Wiebke.
„Nein, nein, ich bin nur so schrecklich aufgeregt!"
„Ich auch!" – Und dann ist sie noch aufgeregter.
Ganz plötzlich, als der Bus in eine Kurve einbiegt, ist Haus Burgwald zu sehen.
Wiebke kennt es von der Postkarte.
Aber das Haus ist noch viel schöner. Offen und breit liegt es da am Wald in dem kleinen Tal. Die Bäume auf der Wiese tragen Apfelblüten.
Hinten am Weg vor dem Haus steht ein Mann – Vater!
Groß, schmal, hell steht er in der Sonne, schaut zum Bus.
Wiebke rennt los.
Er rennt auch.
Sie fliegt in seine ausgebreiteten Arme, fühlt sich aufgefan-

gen, aufgenommen, fühlt seinen Mund auf ihrem Haar, auf ihrer Stirn, fühlt die Kraft, mit der er sie hochhebt, und sie fühlt, daß er da ist und sie liebhat.

25 Kinder-Eltern-Seminar in Haus Burgwald

„Du hast deinen Vater also gleich erkannt?" fragt Paul.
„Ja, obwohl er doch ganz anders geworden ist."
Wiebke faltet die Hände, legt sie hinter den Kopf, drückt sich an Pauls Schulter und lacht in den hellen Himmel.
Die beiden hocken auf einem der dicken Kieselsteine, die rund um den weißen See zwischen den Birkenstämmen liegen. Eigentlich müßten sie in der Schule sein. Es ist Montag morgen, neun Uhr. Sie hat Englisch, er Mathematik.
Aber sie haben sich beim Brötchenaustragen entschlossen, die Schule ausfallen zu lassen, Paul will alles über Haus Burgwald wissen.
Und Wiebke hat viel zu erzählen.
Von Ferdinand, dem Kälbchen, von dem großen Bernhardiner, der nur noch heiser bellen kann. Von den niedlichen Kaninchen, von der großen Katze, dem Kater und den Kätzchen, die sie im Heu fanden. Wiebke zeigt, wie klein die waren, und sie zeigt auch, wie groß die Salatköpfe im Garten von Haus Burgwald waren, mit richtigem Mist gezogen.
Sie weiß überhaupt nicht, wo sie anfangen soll.
„Am besten bei den Spaghetti."

Die gab es zum Abendbrot am Freitag.

Im Speisesaal war es warm und gemütlich. Die Kinder quetschten sich mit den Eltern um die bunt gedeckten Tische. Zwischendrin saßen die Therapeuten und die Therapeutinnen.

„Hatten sie wie im Krankenhaus die Ärzte auch weiße Kittel an?" fragt Paul.

„Ach wo", sagt Wiebke. „Sie sahen genauso aus wie die anderen."

Und einer, in einem blauen Hemd und grauem Pulli, saß neben Mutter. Wiebke dachte, es sei ein Patient, und sie fragte Vater leise, wie lange er denn schon in Haus Burgwald ist. Vater sagte, daß er schon viele, viele Jahre hier arbeitet und kein Patient, sondern ein Therapeut sei.

Er gefiel ihr sehr. Die anderen auch, sie stellten sich alle nach dem Essen vor. Jeder übernahm für die Tage eine Gruppe. Und sie wußte überhaupt nicht, zu wem sie wohl in die Gruppe wollte, weil ihr alle gefallen haben.

Nach dem Abendbrot bauten sie ihre Betten auf.

Die Mädchen schliefen im Grünen Salon, die Jungen im Blauen. Damit sich die Kinder kennenlernen, es waren fast dreißig, haben sie zusammen eine kleine Wanderung gemacht. Am Wald oben entdeckten sie plötzlich das Tischleindeckdich. Ein junger Mann aus Haus Burgwald verteilte Saft und Schokolade an die Kinder.

Bei der Schokolade fällt Paul ein, welch einen Hunger er hat. Bärenhunger. Er packt sein Pausenbrot aus. Einmal beißt Paul ab, einmal Wiebke. Aber sie muß dabei weitererzählen.

Zum Beispiel von Ferdinand, dem Kälbchen auf der Wiese

bei dem großen Bauernhof. Es stand am Zaun. Seine Nase war naß, und es hatte große sanfte Augen und viel zu lange Beine. Wiebke seufzt. Sie hätte das Kälbchen so gerne mitgenommen. Nicht nur, weil es so süß war. Vor allen Dingen, damit es nicht geschlachtet wird. Das findet Wiebke schlimm, wo es doch so klein ist.

Paul findet das auch schlimm, was sie mit den Kälbern machen. Der Ferdinand durfte aber wenigstens noch auf einer Wiese sein. Die Kälber, die er am Wochenende in einem Fernsehfilm gesehen hat, die waren in ganz engen Boxen eingesperrt und hatten keine Möglichkeit, sich zu bewegen, liegen konnten sie auch nicht, nur stehen. Und das, solange sie leben. Paul hat der Film traurig und wütend gemacht.

Er wirft den Teichhühnern, die der Wind auf dem See schaukelt, ein paar Käsebrotbrocken zu. Sie kommen gleich mit ihren Teichhühnerkindern angepaddelt.

Wiebke ist froh, daß sie den Kälberfilm nicht gesehen hat. Sie konnte am Abend im Grünen Salon nicht einschlafen, weil sie immerzu an Ferdinand denken mußte.

Außerdem hatte sie soviel mit Elisabeth und Melanie und Susanne und Ulrike zu reden, die auch im Grünen Salon schliefen.

„Sie sind alle meine Freunde geworden", sagt Wiebke. „Und es war ganz leicht, mit ihnen zu reden. Bestimmt, weil sie auch einen Vater haben, der alkoholkrank ist."

„Aber mit mir kannst du doch auch leicht reden."

„Weil ich dich ja auch mag." Wiebke spielt mit ihrem Zopf.

„Ich mag dich auch!" Paul hebt ihr Kinn. Reibt seine Nase an ihrer.

Es kitzelt, sie lacht.

Dann wird sie aber gleich wieder ernst. Sie muß Paul von einem Versuch erzählen, den sie im Haus Burgwald gemacht haben.

Bilder malen 26

Dazu braucht sie ihr Pausenbrot.

„Mm, du hast ja Banane drauf."

„Ja, du Vielfraß." Aber ein kleines Stück ist für ihren Versuch.

Dieses Stück taucht sie in das Wasser vom See. Es saugt sich voll. Nun soll Paul fühlen und sagen, was er fühlt.

Er fühlt matschiges weiches Brot.

Genau, richtig.

„Und wenn ich jetzt ein Stück Brot in reinen Alkohol lege, wie ist es dann?"

Paul überlegt. „Dann ist es auch weich und matschig. Löst sich sogar auf."

„Nein, nein, nein!" schreit Wiebke. Das hat sie auch gedacht. Nur, es stimmt nicht. Brot in Alkohol wird hart, steinhart wie der Stein, auf dem sie sitzen. Sie will Paul auch erklären, wieso.

Also, Alkohol entzieht dem Brot das Wasser. Es wird hart und trocken. Dem Menschen, der Alkohol trinkt, wird auch Wasser aus dem Körper entzogen. Darum bekommt er Durst. Je mehr Alkohol er trinkt, um so mehr Durst bekommt er.

„Verstehst du das?" fragt Wiebke.

Ja, eigentlich schon. Wahrscheinlich spricht sein Vater darum auch immer von Nachdurst, wenn er getrunken hat.

„Trinkt denn dein Vater?"

„Ja, manchmal, Bier oder Wein. Mutti auch. Deshalb sind sie aber noch lange keine Trinker."

Wiebke fährt mit dem rechten Daumennagel durch die Rillen ihrer Cordhose. Sie kennt jetzt den Unterschied. Ein Mensch, der ab und zu trinkt, hört normalerweise wieder auf, wenn er genug hat. Ihr Vater nicht. Das ist seine Krankheit. Er kann nicht aufhören, muß so lange weitertrinken, bis er voll ist. Vater hat die Kontrolle über sein Trinken verloren. Sie nennen es Kontrollverlust.

„Nach seiner Entlassung aus der Kur, darf er dann wieder trinken?"

„Nein, er darf nie mehr trinken."

Das versteht Paul nicht. Kann er denn die Kontrolle über sein Trinken nicht wiederbekommen?

Sie schüttelt den Kopf. „Wenn ein Mensch bei einem Unfall ein Bein verliert, wächst das nicht wieder nach. Und so ist das auch mit dem Kontrollverlust."

„Du weißt aber ganz schön viel."

„Ich war ja auch in Haus Burgwald." Sie hüpft vom Stein und zieht Schuhe und Strümpfe aus, sie muß unbedingt probieren, wie kalt das Wasser ist.

„Zum Zehenerfrier'n!" Sie spritzt Paul naß.

„Warte!" Er ist schneller als sie mit den bloßen Füßen auf den Kieselsteinen und droht, sie ins Wasser zu stoßen.

Wiebke bittet um Gnade.
Nur, wenn sie ihm weiter berichtet.
Ob er zuerst von dem Spielabend, von der Feier am Sonntagmorgen oder davon hören will, wie Vater und Mutter sich mit Quark vollgeschmiert haben? Wiebke ist vor Vergnügen fast vom Stuhl gekippt.
Sie kippt auch jetzt fast um, wenn sie nur daran denkt, und lacht in Pauls Schulter.
Am Samstag haben sie in Haus Burgwald einen lustigen Abend gemacht. Mit selbstgebackenen Waffeln, Himbeeren, Sahne, Saft, Musik und Spielen.
Beim Quarkspiel machten ihre Eltern mit. Beide saßen sich mit verbundenen Augen auf zwei Stühlen gegenüber. Jeder hatte eine Schüssel mit Quark und mußte den anderen mit dem Löffel füttern.
Wiebke gickert.
Wie Vater dasaß und mit offenem Mund auf den Löffel mit Quark wartete. Der kam aber nicht, weil Mutter hartnäckig seine Nase, seine Augen, seine Stirn und die Ohren füttern wollte.
Oder wie Mutter versuchte, dem Löffel mit dem Kopf entgegenzukommen und darum den Quark über das ganze Gesicht geschmiert bekam.
Wiebke lacht beim Erzählen, und Paul lacht mit.
„Weißt du, was Mutter mich auf der Rückfahrt im Zug gefragt hat?"
Nein, das weiß er nicht.
„Sie hat mich gefragt, ob ich mir vorstellen kann, wie das Leben mit Vater ohne Alkohol ist."
„Kannst du es dir vorstellen?"

„Na klar! Jetzt schon." Und wie das sein wird, hat sie auf dem Bild gemalt.

„Du hast ein Bild gemalt?"

Nicht nur Wiebke. Alle haben gemalt, ihre Wünsche, ihre Erwartungen. Die Eltern und die Kinder, getrennt in Gruppen.

„Auf so großen Blättern!" Sie reißt die Arme auseinander.

Und falls er sehen will, was sie gemalt hat, soll er mit ihr zu dem Sandkasten da drüben auf dem Spielplatz laufen. Da malt sie ihm im Sand noch einmal alles auf.

Den Tisch in der Mitte, an dem Vater, Mutter, Jonas und Wiebke sitzen und Malu. Sie spielen Memory zusammen.

Und Tischtennis spielt sie auch mit Vater. Hier, wo das Meer ist, will sie mit ihm schwimmen, im Urlaub. Die Sonne scheint, viele Blumen sind da. Und hier, das ist Haus Burgwald, da will sie immer wieder hin.

Sie betrachtet vom Rand des Sandkastens ihr Bild. Dann schreibt sie noch mit großen Buchstaben. „Ich will viel mit Vater reden, und er hat viel Zeit für mich!"

Kaum liest Paul, was sie da schreibt, wischt sie alles wieder aus. Jetzt malt sie Vaters Bild.

Meer und blauer Himmel und ein paar kleine Wolken. Ein Segelschiff. Am Strand ein Bollerwagen, ein dicker, den Vater und Mutter ziehen. In dem Bollerwagen sitzen Wiebke und Jonas.

„Da haben sie aber ganz schön zu ziehen", meint Paul.

„Wo der Jonas bestimmt schwer ist."

„Das ist es ja", sagt Wiebke. „Mutter hat Vater gefragt, wieso er glaubt, uns ziehen zu müssen. Wir sind doch groß genug, um selber zu laufen."

Da war Vater aber ganz schön froh.

„Und deine Mutter, was hat die gemalt?"
Sie hat ein Bild gemacht, das war so schön, so schön, wie Wiebke nicht malen kann.
Ein alter Baum, aus dem Tränen fließen. Aus den Tränen wird ein See, auf dem Wasserrosen blühen. Um den See ist die Wiese grün, und viele Blumen sind da.
Vater, Mutter, Jonas und Wiebke spielen mit einem Ball.
„Warum habt ihr die Bilder eigentlich gemalt?"
„Damit jeder weiß, was der andere sich wünscht, wenn Vater zurückkommt."
„Du, dein Vater, deine Mutter, ihr wünscht euch wohl alle das gleiche."
„Ja", sagt Wiebke. „Aber da war ein Junge beim Seminar, der war sehr traurig, als er sah, was sein Vater sich wünschte." Der Junge hieß Tobias. Er war schon fünfzehn. Sein Vater war auch alkoholkrank und zur Kur.
Auf seinem Bild hatte Tobias ein Haus gemalt. Da saß er im Wohnzimmer mit seinem Vater, seiner Mutter und der kleinen Schwester am Tisch. Sie spielten ein Würfelspiel. Die Lampe über dem Tisch hatte er rot gemalt.
Auf dem Bild, das sein Vater gemalt hatte, war Tobias dann überhaupt nicht drauf. Nur seine Mutter und seine Schwester. Der Vater hatte ihn einfach vergessen. Darüber war Tobias sehr traurig. Als er sich umsonst auf dem Bild suchte, war sein Gesicht ganz grau. Obwohl es vorher geleuchtet hatte von der Feier am Sonntagmorgen. Die war so schön.
Alle saßen miteinander in dem großen Saal und aßen zusammen. Die Eltern bedienten die Kinder mit Brot und Saft und die Kinder die Eltern.

„Das Brot schmeckte gut, wie von deinem Vater gebacken. Und der Saft war aus Äpfeln von Haus Burgwald. Und es war warm und hell in dem Saal – und innendrin."
Wiebke tippt auf ihren Bauchnabel. „So hell war es noch nie."
„Was?" ruft Paul. „Heller als heute und wärmer als heute. Das gibt's doch nicht!"
Sie lacht ihn an, spürt den Wind in ihren Haaren, auf ihrem Gesicht. Sie sieht die Sonne über sich und ist glücklich, weil Paul da ist.

Ein Brief von der Schule 27

Eine halbe Stunde später ist sie nicht mehr so glücklich. Jonas steht mit Großvater-Gesicht zu Hause vor der Tür und wartet auf Wiebke. Immerhin ist es halb drei Uhr, und er weiß, daß sie nur bis zwölf Uhr Schule hatte.
Sie drückt sich an ihm vorbei durch die Haustür und murmelt etwas von Bummeln und Fahrrad kaputt und schieben. Dann flitzt sie in die Küche. Samstag springt an ihr hoch, bellt, jault. Er tut, als wäre sie vier Jahre in der Wüste Sahara verschollen gewesen.
Nina zeigt sich besorgt. Sie hätten sich Gedanken gemacht und gewartet. Etwas zu essen hätten sie auch schon für Wiebke gemacht.
Pfannekuchen, eins, zwei, drei Stück, eiergelb mit braunem Rand. Daß sie sich nicht gleich darauf stürzt, hängt mit

dem Brief zusammen, der an dem Topf mit Apfelmus lehnt. Er ist an Vater und Mutter gerichtet und kommt von Wiebkes Schule.

Von ihrer Schule?

Ob da drinsteht, daß sie heute geschwänzt hat?

Bei allen drei Pfannekuchen! Wenn Mutter erfährt, daß sie heute nicht in der Schule war. Ihr wird ganz heiß. Plötzlich ist sie sich überhaupt nicht mehr sicher, ob es richtig war, einfach zu schwänzen. Das hat sie sonst noch nie gemacht.

„Kann ich den Brief aufmachen?" fragt Wiebke.

„Spinnst du?" sagt Jonas. „Der ist doch an Vater und Mutter."

„Aber er kommt von meiner Schule."

„Trotzdem, hast wohl ein schlechtes Gewissen?" Jonas setzt sich zu ihr.

„Ja!" sagt Wiebke und ist erstaunt. Wieso hat sie ja gesagt? Will sie Jonas vielleicht auf die Nase binden, daß sie nicht in der Schule war?

Ja, sie will. Seit Vater nicht mehr da ist und Samstag da ist und Jonas fast ein Mann geworden ist, versteht sie sich richtig gut mit ihm. Außerdem hilft er ihr jetzt manchmal bei den Schularbeiten, die Wiebke trotzdem überhaupt nicht mag. Nina findet Hausaufgaben auch nicht gut. Sie sagt, daß sechs Stunden Stillsitzen und Lernen für ein elfjähriges Mädchen ausreichen.

„In dem Brief steht bestimmt, daß ich heute morgen nicht in der Schule war."

Wo um Himmels willen sie denn den ganzen Morgen gesteckt hat?

Wiebke sagt es. Am Weißen See mit Paul. Sie mußte ihm

doch alles erzählen, von Haus Burgwald, von Vater und den Bildern.
Was denn für Bildern?
„Die Bilder, wie wir uns vorstellen, wie es bei uns aussieht, wenn Vater wieder da ist."
„Ich kann es mir sehr gut vorstellen." Jonas fährt dem Hund über den Kopf. Der stößt ihm seine nasse Schnauze in die Hand.
„Vater ist ganz anders geworden", sagt Wiebke.
„So!"
„Ja, und er lernt jetzt sogar das Nein-Sagen!" Er hat es Mutter und ihr erzählt. Mit zwei anderen Patienten macht er doch Küchendienst. Beim Abwasch haben sie ihm immer die großen Töpfe und Pfannen zum Schrubben zugeschoben.
Vater brauchte eine Woche. Dann war er es leid. Er hat nein gesagt. Jetzt sind die anderen mit dem Schrubben dran.
„Wenn er zu Samstag nein sagt, flipp ich aus!" erklärt Jonas.
Zu dem hat er überhaupt nichts gesagt, erzählt Wiebke.
Jonas sieht da schwarz, will aber jetzt nicht darüber reden. Er macht sich Gedanken wegen Mutter. Sie weiß noch nicht, daß heute mittag Onkel Ludwig, Vaters Bruder, aus Berlin angerufen hat. Vater schuldet ihm noch achthundert Mark. „Wenn sie das erfährt und daß du die Schule geschwänzt hast, ist es aus."
Jonas beschließt, Wiebke eine Entschuldigung zu schreiben. Aber nur, wenn sie ihm verspricht, nicht wieder zu schwänzen. Und nur, weil er ja schon achtzehn ist und Entschuldigungen schreiben darf.

Er macht allerdings zur Bedingung, daß sie zu einer Schulfreundin geht und sich die Schularbeiten holt.

Es ist eine schwere Bedingung, die Jonas da stellt. Wo Wiebke doch keine Schulfreundin hat. Sie kann höchstens zu Monika oder zu Andreas gehen, die nicht weit von ihr wohnen.

„Geh, wohin du willst, aber geh", sagt Jonas.

Ob Nina mitgeht?

Nein, Nina will bei Jonas bleiben. Wiebke ist groß genug, um das allein zu machen.

Das findet Wiebke überhaupt nicht. Sie nimmt Samstag mit und braucht lange, bis sie mit den Schularbeiten wiederkommt.

Andreas wohnt am Anfang der Tannenallee, in einem sehr schönen Haus mit Garten. Wiebke traut sich nicht, auf den Klingelknopf neben dem eisernen Gartentor zu drücken. Als sie sich doch traut, ist niemand da.

Ein Glück, dann kann sie Andreas auch nicht fragen.

Vielleicht ist Monika, die um die Ecke rum wohnt, auch nicht da.

Doch, sie ist da und freut sich, daß Wiebke kommt. Sie hat grade die Schularbeiten fertig und weiß nicht, mit wem sie spielen soll.

Mit Wiebke?

Nein, sie muß zurück, Schularbeiten machen.

Ob sie morgen zusammen spielen?

Ja, vielleicht.

Wiebke hüpft den ganzen Weg durch die Tannenallee.

Samstag mag das. Er springt neben ihr her und versucht, in ihre Beine zu beißen.

„Du blödes Viech!" Wiebke lacht. Ihr fällt ein, daß Samstag auf dem Bild, das sie in Haus Burgwald gemalt hat, nicht drauf ist.
„Wie konnte ich ihn nur vergessen", überlegt sie.
Und weil sie das unbedingt nachholen will, immerhin gehört Samstag jetzt zur Familie, schreibt sie nach den Schularbeiten einen Brief.

„Liebe Burgwald-Familie!

Ich heiße Wiebke und werde in zehn Tagen, am 6. Mai, elf Jahre alt. Mein Vater ist bei Ihnen zur Kur, um gesund zu werden.
Ich war am Wochenende bei dem Kinder-Eltern-Seminar.
Mir hat an diesem Seminar besonders gut gefallen, daß wir in Gruppen eingeteilt waren und daß ich mit den anderen Kindern über meine Probleme sprechen konnte, denn diese Kinder hatten fast die gleichen Probleme wie ich.
Ich habe das jetzt mit dem Kontrollverlust verstanden. Und ich kann die Krankheit von meinem Vater richtig verstehen.
Ich habe auch die Probleme von meinen Eltern gehört.
Meine Eltern und ich haben in unserer Gruppe Wunschbilder gemalt. Die sollen die Zukunft darstellen, wie es bei uns zu Hause später einmal aussehen soll.
Ich habe vergessen, unseren Hund Samstag zu zeichnen.
Außerdem waren mein Bruder Jonas und Nina, seine Freundin, nicht mit. Darum möchte ich gern die Bilder von mir und von meinem Vater und meiner Mutter haben. Damit Jonas und Nina sie sehen und sich vorstellen können, wie es bei uns sein

wird, wenn Vater wieder da ist. Hoffentlich werden wir dann eine richtige Familie sein.

Es grüßt Wiebke."

Dann schreibt sie den Briefumschlag

An
Haus Burgwald
In der Mordach 3
64367 Mühltal

Bevor sie den Brief abschickt, muß Mutter ihn lesen.
Aber zuerst ist der Brief von der Schule dran. Wiebkes Herz klopft im Hals, als Mutter ihn öffnet. Was da wohl drinsteht? Es steht drin, daß Wiebke in Englisch und Mathematik so gut geworden ist und darum für den B-Kurs vorgeschlagen wird. Wenn sie will.
Sie will, denn Monika und Andreas kommen auch in den B-Kurs.

Geburtstag 28

Die Vergißmeinnicht, die bei Wiebke im Garten blühen, haben die gleiche Farbe wie der Himmel auf ihrem Bild. Haus Burgwald schickt es mit denen von Vater und Mutter.

Die Bilder kommen in die Küche an die freie Wand über dem Küchentisch. Sogar Jonas hat nichts dagegen. Ihm gefällt der Vater auf Wiebkes Bild. Nur, Jonas glaubt nicht, daß Vater so werden kann.
Der Glaube daran ist wichtig wie Sonne und Regen für die Radieschen in der Erde. Das weiß Wiebke, und sie wartet ungeduldig, daß endlich dicke rote Kugeln aus den braunen Samen werden.

Auch auf ihren Geburtstag wartet sie.
Zwei Tage vorher schreibt sie oben auf Pauls Tenne vier Einladungskarten. An Uli, Gert, Monika und Andreas. Paul bekommt keine, er ist ja sowieso dabei. Es ist sehr schwer, Einladungskarten zu schreiben. Immer wieder muß Wiebke Paul fragen, ob Einladung mit h, ob dir groß oder klein geschrieben wird, mit ie oder ohne.
Paul weiß zwar auch nicht alles, aber er kennt sich da ein bißchen besser aus.
Während sie sich auf der Tenne mit Schreiben abmüht, verziert er unten in der Backstube, in der nachmittags nicht gearbeitet wird, die Geburtstagstorte.
Wiebke darf nicht gucken, sonst ist es ja keine Überraschung mehr. „Wiebke" hat Paul mit brauner Buttercreme auf die Torte geschrieben, rundherum brennen elf Kerzen.

Am Morgen steht die Geburtstagstorte ganz früh bei Schwertleins auf dem Tisch im Wohnzimmer. Alle gratulieren, auch die Zwillinge. Sie halten kleine bunte Blumensträuße fest in den Händen und wollen sie Wiebke nicht geben. Das macht aber nichts.

Beim Brötchenaustragen schenkt Herr Schnierpel ihr Maiglöckchen aus seinem Garten, die mit einem blauen Band zusammengebunden sind.

Obwohl er schon alt ist und nicht mehr gut sieht, entdeckt er doch den schmalen silbernen Ring an ihrer Hand, und er rät auch gleich, wer den geschenkt hat. Natürlich der Paul. Wer denn sonst!

Aber das stimmt nicht. – Vater hat ihn geschickt. In einem Päckchen, das drei Tage in der Küche auf dem Küchentisch lag. Heute morgen durfte Wiebke es endlich öffnen.

Ein kleiner Puppentisch aus Holz mit zwei Stühlen war drin. Alles einzeln in Papier verpackt, auf dem Erdbeeren waren. In einer Schachtel lag der Ring. Vater hat ihn aus Silberdraht selbst gemacht. Auch die Stühle und den Tisch hat er gebastelt. Und wenn er in zwei Monaten heimkommt, bringt er ein Puppenhaus mit. An dem arbeitet er in der Schreinerei.

„Du hast aber ein Glück, weil dein Vater so was kann!" Der alte Schnierpel bewundert den Ring.

„Ja!" Wiebke lacht und springt immer drei Stufen auf einmal herunter. Unten auf der Straße zieht Paul ein Päckchen aus der Hosentasche. Es ist nicht größer als eine Streichholzschachtel, in weißes Papier mit einem roten Band gepackt.

Ein Ring ist drin. Ein silberner Ring mit einem silbernen Herz drauf. „Wenn du willst, kannst du ihn umtauschen!" Paul steht da mit hängenden Schultern.

„O Paul!" Wiebke drückt beide Arme um seinen Hals. Und

sagt, daß sie den Ring nie, nie umtauschen wird, weil er so schön ist, und weil er von Paul ist.

29 Vater kommt viel zu früh

In der Erdkundestunde schiebt Monika einen abgerissenen Zettel zu Wiebke rüber. „Kommst du heute nachmittag mit zum Schwimmen?"
„Nein!" kritzelt Wiebke. „Ich kann nicht, weil mein Vater für zwei Tage zu Besuch kommt. Da muß ich helfen."
Das hat sie Mutter versprochen. Jonas und Nina wollen auch helfen.
Allerdings nur, wenn Mutter keinen großen Haus- und Gartenputz veranstaltet.
Nein, nein, sie will nur alles in Ordnung haben, wenn Vater kommt. – Doch dann ist überhaupt nichts in Ordnung.
Vater, der sich für Sonntag morgen angemeldet hat, kommt schon am Samstag nachmittag.
Viel zu früh. Die Oberbetten liegen noch im Fenster und warten auf frische Bettwäsche. Jonas und Nina putzen die Wohnung, die nach Erdbeermarmelade duftet. Mutter kocht sie in der Küche. Und Wiebke soll hinten im Garten die Rosenlaube aufräumen. Da wollen sie am Sonntag morgen Kaffee trinken, an dem weißen runden Tisch. Mit der Laube wäre sie fertig gewesen, bestimmt. Aber da war die Sache mit dem lockeren Zahn. Seit drei Tagen wackelt der, will aber nicht raus.
Obwohl Wiebke fünf Walnüsse, die noch von Weihnachten

übrig waren, mit den Zähnen knackte und das alte steinharte Brötchen von Paul. Er kam am Mittag, um sie zum Picknick am Tiefen See einzuladen, um vier Uhr mit den Zwillingen und den Eltern.

Sie kann nicht, sie muß die Gartenlaube putzen.

Da hilft er ihr eben. Bis vier Uhr haben sie das zuammen geschafft.

Gut, nur vorher muß der Zahn raus.

Paul kennt den Trick mit dem Faden. Sie kennt ihn auch, traut sich aber nicht allein.

Paul knotet das eine Fadenende an Wiebkes Zahn und nimmt das andere in die Hand. Jetzt muß er nur noch ziehen.

Sie kneift die Augen zu. Schreit, daß er schnell, ganz schnell machen soll.

Paul kann nicht. Alles, aber das nicht.

Samstag macht das bestimmt viel besser. Der Hund kommt fröhlich angesprungen und läßt sich das Fadenende an sein Halsband knoten. „Lauf, Samstag, lauf!" ruft Paul.

Der Hund läuft nicht. Wiebke hält ihn fest umschlungen mit beiden Händen. Er kann sich nicht mal bewegen.

„Ich glaub, ich spinne!" Paul schlägt sich an die Stirn. „Ich denke, du willst ihn raushaben, den Zahn?"

Will sie ja auch. – Nur nicht sofort. Sie sitzt und sitzt, mit dem Hund im Arm.

Worauf wartet sie eigentlich?

Auf ein Wunder.

Darauf kann Paul nicht warten. Er muß Viertel vor vier zu Hause sein, und deshalb läßt er Wiebke mit Hund und Zahn allein.

Wenn Paul zwei Minuten gewartet hätte?

Vater steht, wie vom Himmel gefallen, auf einmal in der Gartentür.

Wiebke, die nicht weiß, ob es sein Geist oder er selber ist, läßt den Hund los. Der schießt laut bellend auf Vater zu – und nimmt den Zahn mit.

Jonas ist stumm wie ein Stein 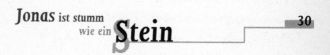 30

Zum Abendbrot in der Rosenlaube gibt es Brot mit Butter, frische Erdbeeren mit Milch und Radieschen aus dem Garten.

Was hat Wiebke damals zu Mutter gesagt?

„Wenn es stimmt, daß aus den winzigen braunen Samenkugeln dicke rote Radieschen werden, dann stimmt es auch, daß Vater in der Kur in Haus Burgwald wieder gesund wird."

Jetzt weiß sie, daß er gesund wird, denn die Radieschen sind dick und rund geworden. – Und wenn Vater gesund wird, dann stimmt es auch wieder zu Hause.

Im Moment spürt sie allerdings, daß es überhaupt nicht stimmt. Vater sitzt am Tisch, als wenn er nicht dazugehört. Ihm gegenüber sitzt Jonas, stumm wie ein Stein. Selbst auf Nina ist seine Starrheit übergegangen. Mutter redet und redet, von den Zwillingen, von der Bäckerei, von den Kunden, und dabei hat sie so komische rote Flecken auf den Backen und am Hals. Und Wiebke hat die Hände unter die

Oberschenkel geklemmt und traut sich nicht, eins von den Radieschen zu essen.
Sie liegen auf dem Glasteller – wie ein Versprechen.
Samstag scheint von der gedrückten Stimmung nichts zu spüren. Er ruht zu Vaters Füßen und weicht, seitdem er da ist, nicht von seiner Seite. Dabei ist Vater kein bißchen nett zu ihm, weil er Hunde nicht mag.
Zum Nachtisch soll es Vanilleeis mit Erdbeeren geben. Niemand will davon haben.
Jonas und Nina sind verabredet. Sie müssen sofort los, sind schon viel zu spät dran.
Wiebke muß Paul unbedingt den Zahn zeigen. Sie ist froh, daß sie einen Grund findet, sich zu verdrücken.

~

Ob Paul noch mit seinen Eltern am Tiefen See ist oder schon zu Hause? Hoffentlich! Sie möchte mit ihm auf die Tenne. Obwohl, im Sommer ist es da heiß, nicht zum Aushalten.
Trotzdem, heute ist das genau der Ort, wo sie sich verkriechen kann, mit Paul. Er versteht sie. Ihre Traurigkeit, ihre Enttäuschung! Aber er ist nicht zu Hause.
Bis zum Tiefen See ist es weit, bisher hat sie immer eine halbe Stunde gebraucht. Heute macht sie das in fünfzehn Minuten. Die Haare fliegen und der Rock, der mit den Röschen und den Rüschen, Paul mag den Rock.
Am Tiefen See sind nur seine Eltern und die Zwillinge und die Eltern von Uli.
Paul schwimmt irgendwo da hinten im See. Herr Schwertlein zeigt auf das andere Ufer.

Sie sieht ihn. Ruft! Er sieht sie auch. Winkt. Wiebke winkt auch. Er soll kommen. Paul kommt nicht. Spritzt und spielt mit Uli und noch anderen im Wasser.
Ob sie ein Würstchen will oder Tomaten, Eier, fragt Frau Schwertlein.
Nein, nein. Sie will zurück. Sie sollen ihm bestellen, daß Vater da ist. Wiebke steigt aufs Rad. Stolpert über Wurzeln und Äste.
Und weint.

~

Vor dem Einschlafen liest Wiebke eine Geschichte in dem Buch, das Nina ihr geschenkt hat:
Ein Mädchen hat sich in der Wüste Sahara verirrt. Müde und durstig stapft sie durch den gelben Sand. Als sie schon glaubt zu verdursten, findet sie einen Brunnen mit Wasser. Und eine Palme zum Ausruhen. Sie trinkt sich satt, setzt sich in den Schatten der Blätter, lehnt den Kopf an den Stamm der Palme. Auf einmal sieht sie ihre eigenen Fußspuren im Sand. Und neben ihrer Spur noch eine, genau die gleiche.
„Nanu?" wundert sie sich. „Wer ist denn da mit mir durch die Wüste gegangen? Ich habe doch niemand gesehen."
„Ich bin mit dir gegangen", sagt eine Stimme.
„Wer bist du?" fragt das Mädchen und dreht sich suchend um.
„Ich bin auch du", sagt die Stimme.
„Ich sehe dich nicht", sagt das Mädchen.
„Du kannst mich nicht sehen", sagt die Stimme. „Ich war und bin aber trotzdem bei dir. Du siehst es ja an meiner Spur."

„Ja", sagt das Mädchen. Sie reckt sich, denn plötzlich sieht sie, daß im Sand manchmal zwei Spuren sind, und manchmal ist nur eine da.

„Du bist aber nicht immer bei mir gewesen. Manchmal ist deine Spur nicht da."

„Doch", sagt die Stimme. „Meine Spur ist immer da. Nur deine nicht."

„Ich bin aber die ganze Zeit auf meinen Füßen durch den Sand gelaufen", sagt das Mädchen.

„Bist du nicht", sagt die Stimme. »Weil ich dich nämlich oft in meinen Armen getragen habe."

„Du hast mich getragen?"

„Ja, immer wenn du besonders müde und besonders traurig warst."

Vater hatte auch mal einen Hund

31

Am Sonntag hängen die Wolken grau und düster am Himmel. Wiebke und Vater machen einen Spaziergang unterm Regenschirm. Trotz Reden und Bitten war Mutter nicht zu bewegen, mitzugehen. Weil die Erdbeeren in der Schüssel faulen, wenn sie keine Marmelade daraus kocht, und der Spargel für das Mittagessen geschält werden muß, sagt sie. Immerhin hat sie ihn extra für Vater gekauft.

Wiebke hängt sich bei Vater ein. Am liebsten möchte sie mit ihm zu Paul und Schwertleins und zu den Zwillingen. Die kennt er doch alle noch nicht.

Aber er will aufs Feld, in den Wald.

Ihm reicht der Nachmittag, wenn er mit Mutter zu den Großeltern nach Bad Sooden-Allendorf fahren muß. Er hat noch einiges in Ordnung zu bringen aus der Zeit, als er noch getrunken hat.

Und morgen früh muß er zu seinem Chef, Herrn Bauermann. Er muß mit ihm reden, wie es nach der Kur weitergehen soll.

Samstag tobt freudig um die beiden herum. Er fragt gar nicht, ob er mit darf.

Sogar Malu taucht auf, tapst ein paar Meter mit und macht dann kehrt. Ihr ist es zu naß.

Wiebke streichelt im Vorübergehen ihren Freund, die Wilde Kirsche, und verspricht, bald wiederzukommen. Mit Paul, zum Ernten. Vater ist still, nachdenklich. Er macht große Schritte. Sie ist auch still, macht auch große Schritte, um mitzukommen. Oben am Wald hören sie den Specht. Der Kuckuck ruft. Auf der Wiese lassen sich die Margeriten vom Wind streicheln.

„Eigentlich wollte ich gestern einen Strauß für dich pflücken", sagt Wiebke.

„Und dann kam ich viel zu früh."

„Die Margeriten freuen sich bestimmt, daß sie noch hier draußen auf der Wiese sind."

Er bleibt stehen. „Freust du dich, wenn ich ganz wieder nach Hause komme?"

Sie nickt. Und wie sie sich freut. Kann es kaum erwarten.

„Jonas ist mir wohl immer noch böse?" fragt er.

Sie nickt wieder. „Ich glaube, er hat Angst."

„Wovor?"

„Daß du uns Samstag wegnimmst."
„Das will ich doch gar nicht."
Der Hund wühlt an einem Mauseloch. Gräbt, schnauft, reißt mit seinen Zähnen Grasbüschel ab.
„Ich hatte auch mal einen Hund", sagt Vater.
„Du?"
„Ja, einen Schnauzer. Fast so einer wie der hier."
Lustig und frech. Vater bekam ihn zu seinem achten Geburtstag. Der Hund war damals grade zehn Wochen alt. So ein liebes schwarzes Knäuel. Er hat ihn Flexel genannt.
Flexel hat ihn immer begleitet, brachte ihn morgens zur Schule, holte ihn mittags ab. Manchmal stand er sogar in der Pause vor dem Schultor. Er schlief in seinem Zimmer und war dabei, wenn Vater mit seinen Freunden unterwegs war. Und wehe, wenn einer mit Vater Streit bekam. Den biß er ins Bein oder in den Po.
„Wie lange hast du Flexel gehabt?"
„Zwei Jahre. Dann wurde er erschossen."
„Erschossen? Wieso denn das?"
Das ist eine schlimme Geschichte für Vater und nichts für Wiebke, sie würde sie nur traurig machen.
Sie will sie aber hören.
Den Vater macht die Geschichte auch immer noch traurig. Aber er erzählt sie trotzdem.
Als Zehnjähriger hatte er mit Freunden eine Hütte gebaut aus Holzbrettern in einer Sandgrube.
Großmutter schimpfte über den Dreck, als er nach Hause kam. Sie klopfte ihm mit der Hand den Sand aus der Hose.
Flexel nahm ihr das übel.
Für ihn war das Ausklopfen verhauen. Da mußte er Vater

natürlich verteidigen, auf seine Weise. Er biß ihr in die Hand. Das Blut spritzte! – Großmutter mußte zum Arzt, die Wunde genäht werden.
Für Großvater war das ein Vertrauensbruch von dem Hund. Der durfte keine Minute mehr in seinem Haus sein. Vater mußte Flexel an die Leine nehmen und zum Förster bringen. Der sollte den Hund erschießen.
„Und hat er das auch gemacht?"
„Ja."
„Und du hast das zugelassen?"
„Ja!" Vater schlägt mit der Schuhspitze gegen einen Stein. „Ich hatte gelernt zu gehorchen."

~

Am Abend, als Wiebke in ihrem Bett liegt, ist sie froh, daß Malu bei ihr ist. Mit der Katze, die sich warm und schnurrend an ihren Bauch drückt, kann sie besser nachdenken.
Und Wiebke muß nachdenken. Über so viele Sachen. Vor allen Dingen über den Hund Flexel.
Wie konnte Vater das machen, ihn wegbringen, zum Förster, zum Erschießen. Gab es denn keine Möglichkeit, ihn zu retten?
Vater muß schrecklich große Angst vor Großvater gehabt haben. Ob er ihn auch liebhatte?
Und Großvater ihn?
Wenn Vater das von Wiebke verlangen würde? – Sie würde abhauen, mit dem Hund.
Aber er würde das ja nie von ihr verlangen.

Die Eltern kommen spät aus Bad Sooden-Allendorf zurück. Wiebke hört sie im Garten lachen.

„He, du bist ja noch wach!" ruft die Mutter, als sie Wiebke im Nachthemd mit bloßen Füßen und Malu im Arm im Flur treffen.

„Ich habe auf euch gewartet, weil ich Vater noch was sagen muß."

„Was denn?"

Sie malt mit dem großen Zeh kleine Kreise auf den Steinfußboden. „Ich wollte dir nur sagen, daß ich froh bin, daß wir Samstag behalten dürfen. Und daß ich sehr froh bin, daß du mein Vater bist."

32 Lehrer Bürgel

Vater ist wieder zurück zur Kur gefahren. Ohne daß Mutter ihm etwas von ihrem Schwimmkurs verraten hat.

Wiebke und Paul waren zweimal dabei, als Bademeister Bäcker Mutter das Schwimmen beibrachte. Aber er hat sie gebeten, nicht mehr zu kommen, solange der Kurs läuft, weil Mutter dann nicht so gut schwimmt wie sonst. Wenn Paul und Wiebke am Beckenrand stehen und über die aufgepusteten weißen Schwimmflügel lachen und rufen, daß Mutter wie ein Schwimmengel aussieht und ob sie gleich losfliegen will – dann klappt es natürlich nicht.

Dreimal in der Woche ist Schwimmkurs. Von sechs bis um sieben Uhr. Als Mutter am Dienstag abend mit nassen Haa-

ren, aber glücklich aus dem Freibad kommt, hockt Wiebke verweint auf der Couch und Jonas wütend im Sessel. Es ist nicht zu übersehen, die beiden haben sich gestritten. Und zwar ums Fernsehen. Jonas hat einfach die Sendung abgestellt, auf die Wiebke sich den ganzen Tag gefreut hat.
„Ja, das hat er", gibt Jonas zu. Weil er es nicht mehr ertragen konnte, wie die Typen im Fernsehen geraucht und Alkohol getrunken haben. Als wenn das unbedingt dazu gehört und nichts ohne Alkohol laufen kann. Da kommen ja die Menschen direkt auf die Idee zu trinken. Kein Wunder, wenn die Zahl derAlkoholkranken ständig steigt.
„Und das Werbefernsehen durfte ich auch nicht gucken", beschwert sich Wiebke.
„Das ist genauso schlimm." Jonas regt sich auf. Ihn kotzt die Sauferei an. Auf jeder Party glauben ein paar Leute, daß sie sich mit Alkohol vollaufen lassen müssen. In seiner Schulklasse sind auch so ein paar Typen. Ihm stinkt es jetzt schon, daß er heute abend beim Klassenfest wieder die Betrunkenen mit dem Auto nach Hause fahren darf. Am besten nimmt er das Fahrrad. Und am allerbesten ist, wenn er erst gar nicht hingeht.
„Hast du nicht gesagt, du freust dich, weil heute abend Lehrer Bürgel da ist?"
„Ja, das ist auch der einzige Lichtblick."
„Du mit deinem Herrn Bürgel. Den liebst du wohl?" Wiebke grinst.
„Was du immer gleich Liebe nennst." Jonas kann ihn gut leiden. Aber trotz Herrn Bürgel wird er früh zurück sein.

Er ist wirklich früh zurück.

Um neun Uhr flitzt er mit seinem Rad in den Garten. Es ist noch hell, und Wiebke hilft Mutter beim Johannisbeerpflücken.

Jonas will allerdings gleich wieder zurück, kommt nur für einen Moment.

Er muß mit Mutter und mit Wiebke reden. Denn er hat etwas erfahren, das hat ihn umgehauen.

Und was sie dazu sagen?

Wozu denn um Himmels willen. Was er denn hat? Er ist ja völlig aufgelöst.

Endlich rückt er damit heraus: Sein Lehrer, Herr Bürgel, war vor sieben Jahren sechs Monate lang in einer Klinik für Alkoholkranke.

„Als Lehrer?" fragt Mutter. „Hat er da unterrichtet?"

„Nein, als Patient!"

„Wer sagt das?"

„Er selbst", erzählt Jonas. Vorhin, als ein paar Leute sich aufregten, weil heute abend Bier das teuerste Getränk und Limo das billigste ist. Welcher Idiot das angeordnet hätte?

„Ich bin der Idiot. Ich habe das Abkommen mit dem Club-Wirt getroffen", hat Lehrer Bürgel gesagt.

Weil er nicht will, daß soviel Bier getrunken wird.

Warum er das nicht will? – Wenn er kein Bier mag, gut, aber dann soll er doch die anderen Bier trinken lassen.

Er läßt sie ja auch. Nur, ob sie überhaupt wissen, wie sie verführt werden zum Trinken?

Das tut keiner!

Doch, allein schon im Preis liegt die Verführung. Bier ist fast überall das billigste Getränk.

Na und? Warum er dann kein Bier trinkt? Wohl, weil er genug Geld für andere Sachen hat?

Nein, weil er alkoholkrank war. Abhängig vom Alkohol, süchtig. Sucht, das ist Suchen und kein Finden. Nicht mehr aufhören können mit dem Trinken. – Das wünscht er niemand!

„Hast du ihm das gesagt, von Vater?" fragt Mutter.

„Ja!" Jonas pflückt sich eine Traube Johannisbeeren ab. Er weiß auch nicht, wie es kam. Plötzlich saß er auf der Treppe neben ihm, draußen auf dem Flur im Clubhaus. Und er konnte reden. Lehrer Bürgel hörte zu, so wie einer, der versteht.

„Ob das mit ihm auch so schlimm war wie mit Vater?"

„Er hat seine Frau und seinen Sohn durch die Trinkerei damals verloren."

„Und er ist gesund?"

„Ja, er ist gesund. Seit sieben Jahren keinen Tropfen Alkohol mehr." Jonas lacht. Faßt Mutter um die Hüften, hebt sie hoch.

Sie strampelt, schreit, sie sei viel zu schwer für Jonas. Er läßt sie runter, boxt Wiebke in die Seite, sagt, daß er allmählich doch glaubt, daß Vater es schafft, in der Kur, in Haus Burgwald.

Dann schnappt er sein Rad, winkt und ist verschwunden.

Informationstag

Es ist Sommer, und es ist heiß am Sonntag. Auch unterm Kirschbaum im Garten bei Wiebke.

Heute früh hat sie gefroren, so gegen sechs Uhr, als sie Mutter und Jonas gewinkt hat. Die beiden sind mit Herrn und Frau Schwertlein mit dem Auto zum Haus Burgwald gefahren.

Da ist heute Informationstag.

Wiebke wußte nicht, was das ist, ein Informationstag. Jonas erklärte es ihr.

Also, viele Menschen wissen über Alkoholkranke sehr wenig. So wenig, daß sie den Kranken nicht mal für krank halten. Das sind Säufer oder Trinker! Und denen ist nicht zu helfen!

„Das hast du ja auch geglaubt", sagte Wiebke.

„Nein, das hab ich nicht", wehrte Jonas sich.

„Auf jeden Fall glaubst du es jetzt nicht mehr. Weil Lehrer Bürgel auch gesund geworden ist", stellte Wiebke fest.

Sie soll doch mal still sein, er will ihr doch den Informationstag erklären.

Sie muß ihn aber vorher noch was fragen.

Dann soll sie sich beeilen.

Ob denn die Alkoholkranken nur in einer Kur gesund werden können?

Nein, hat Jonas gesagt. Sie können auch durch Gruppengespräche, durch Gespräche mit einem Therapeuten gesund werden. Alleine ist es furchtbar schwer. Es gibt da viele

Wege. Allerdings, soviel Jonas weiß, ist die Chance durch eine Kur am größten. Und ob sie jetzt endlich mal ruhig ist und zuhören will?

Ja, das will sie, weil sie ja immer noch nicht weiß, was ein Informationstag ist.

Zu diesem Informationstag darf sich Vater Freunde, Nachbarn, Verwandte, seinen Chef oder Kollegen einladen. Sie werden über die Alkoholkrankheit und die Behandlung in Haus Burgwald informiert. Wenn Vater zurückkommt aus der Kur, braucht er Menschen, die ihn besser verstehen. Zum Beispiel Herrn Bauermann, seinen Chef, oder Großvater und Großmutter oder Familie Schwertlein.

„Und dich, denn dich hat er ja auch eingeladen", sagte Wiebke, „und Nina."

Nina konnte nicht mit. Sie verwahrt die Zwillinge im Garten, zusammen mit Paul und Wiebke. Sonst hätten Schwertleins nicht mitfahren können.

Zum Mittagessen kocht Nina in der Küche Kirschgrütze.

Wiebke paßt auf Eva und Marie auf, auch auf Paul.

Er liegt wie die beiden Kleinen auf dem Bauch unterm Baum und schläft. Sie verscheucht die Fliegen. Mit Gebrumm versuchen die schwarzen Viecher immer wieder, auf ihren nackten Beinen zu landen.

„Paul hat ganz schön viele Haare an den Beinen", denkt Wiebke. Hat er eigentlich auch schon welche am Kinn, über der Lippe, so wie Jonas?

Nein, noch nicht.

„Liebst du Paul?" hat Monika vor ein paar Tagen Wiebke in der Schule gefragt. Ja, natürlich liebt sie ihn. Sie liebt ja auch Vater, Mutter, Jonas, Nina, Eva und Marie, Malu und

Samstag. Und die Wolken da oben und die Gänseblümchen hier unten.

Nur, Paul liebt sie anders. So mit Kribbeln im Hals bis in die Fingerspitzen und vom Bauch bis in die Zehen. Wiebke rutscht leise an Pauls Seite. Sie fühlt seine Haut an ihrem Arm, spürt seinen Atem an ihrer Backe.

Über ihr ist der Himmel voll mit glänzenden Kirschkugeln. Auch wenn sie die Augen zumacht, sind sie da.

„Aufwachen, Wiebke! Die Kirschgrütze ist fertig!"

Lecker! Mit Vanillesoße. Aber es sind viel zuwenig Kirschen in der Grütze.

Macht nichts, sind ja genug am Baum.

Wiebke klettert wie eine Katze. Malu sitzt schon oben, samtschwarz und weich. Sie freut sich nicht, daß Wiebke und Paul ausgerechnet auf ihren Ast wollen.

Rutsch doch mal ein Stück!

Sie will nicht.

Mit ihren vier Pfoten krallt sie sich an Wiebkes nacktem Arm fest, fährt ihre Krallen aus, macht Dornenhecke.

„Au!" schreit Wiebke.

Samstag springt laut bellend um den Baum. Er will Kirschen, die mag er.

Naßspritzen mag er nicht.

Aber Wiebke. Sie kreischt zwar, als Paul mit dem Gartenschlauch hinter ihr herläuft. Sie schreit auch, weil das Wasser so kalt ist. Aber ihr Badeanzug trocknet schnell, auch Pauls Badehose. Viel zu schnell, findet er. Ihm ist so heiß. Am liebsten möchte er ganz schnell mal zu Bademeister Bäcker ins Bad fahren und eine Runde schwimmen.

Ob Wiebke mitmacht?

Nein, sie will nicht.
Ihr gefällt es auf der Decke mit Nina und Eva und Marie.
Da fährt er eben allein.
Na gut, wenn er unbedingt will.

———

„Bist du jetzt traurig?" fragt Nina. „Über Paul?"
„Nein", sagt Wiebke. „Heute bin ich das nicht. Aber einmal, da bin ich sehr traurig über ihn gewesen."
„Wann denn?"
„Als Vater zu Besuch war." Da ist Paul im See geschwommen und ist nicht zu ihr ans Ufer gekommen. Ob Nina sich an die Stimmung beim Abendessen in der Laube erinnern kann?
Na also, das hat sie nicht vergessen. Wie Jonas dasaß! War ganz schön schlimm für sie.
„Wie es wohl heute zwischen Vater und Jonas am Informationstag ist?" überlegt Wiebke und betrachtet dabei die vier kleinen nackten Füße von Eva und Marie. Sie möchte die Fußsohlen küssen, wagt es aber nicht, weil die Zwillinge schlafen.
„Ich glaube nicht, daß es mit den beiden gutgeht", sagt Nina.
Das findet Wiebke komisch. Nina behauptet doch immer, daß mit Vater und ihnen alles gut wird.
Nina fährt Wiebke mit einem Grashalm durchs Gesicht. Sie soll nicht gleich so ernst gucken. Natürlich wird es mit ihr und Vater und Mutter gut. Nur bei Jonas, da ist es anders. Er ist schon so groß, erwachsen. Die Zeit mit dem Trinken war sehr schlimm für ihn.

„Für mich aber auch", sagt Wiebke.
„Ja, aber du hast deinen Vater trotzdem lieb!"
„Jonas nicht?"
„Ja, nein. – Da ist so viel, was er nicht vergessen kann."
„Aha", sagt Wiebke und küßt jetzt doch die Fußsohlen der Zwillinge. Sie wünscht, daß sie wach werden und lachen. Sie ist plötzlich sehr traurig. So traurig wie damals, als Vater so oft betrunken war und sie ihn darum nicht liebhaben konnte.

34

Ich liebe dich!

Am Freitag abend, als Wiebke in ihrem Bett liegt, kann sie einfach nicht einschlafen. Dabei will sie ganz schnell schlafen, weil morgen früh um halb vier der Wecker klingelt. Um vier Uhr soll sie bei Schwertleins in der Bäckerei zum Brötchenbacken sein.
„Endlich darf ich das", erzählt Wiebke der Katze.
Malu ist auf ihr Bett gesprungen. Wiebke fühlt die Katzenpfoten weich und sanft auf der Decke.
Bisher hat Mutter das nie erlaubt. „Zu nachtschlafender Zeit aufstehen?" Was sie sich denkt. Kinder brauchen bestimmt zehn Stunden Schlaf. Noch dazu, wenn am anderen Tag Schule ist.
Morgen, Samstag, hat Wiebke schulfrei.

Paul auch. Er will ihr alles zeigen.
In der letzten Woche war seine Schulklasse in der Bäckerei Schwertlein. Uli und Gert aus seiner Klasse durften zugucken, wie Brot und Hefestückchen und Kuchen gebacken wurden. Bäcker Schwertlein hat sogar eine Extraportion Brötchen gebacken, damit die Kinder das mal sehen.
Und Wiebke, die jeden Morgen Brötchen austrägt, weiß das immer noch nicht.
Der Wecker bimmelt pünktlich um halb vier. Wiebke ist beim ersten Klingeln wach. Sie ist aufgeregt, hat schon die ganze Zeit darauf gewartet. Sogar vom Brötchenbacken hat sie geträumt. Sie zieht weiße Jeans an, einen weißen Pulli, weiße Socken und Tennisschuhe. Nicht mal Licht braucht sie dazu. Alle Sachen liegen auf dem Tisch.
Draußen wird es schon etwas hell.
Der Tag ist erst ein paar Stunden alt. So kennt Wiebke ihn gar nicht. Es gefällt ihr, die Tannenallee ganz für sich zu haben. Kein Auto, keine Menschen. Nur Vögel, die singen, zwitschern, lärmen in den Bäumen.
Die Luft riecht gut, ist neu und kühl.

In der Backstube ist es warm. – Paul wartet schon auf sie. Die Knetmaschine knetet den Teig für die Brötchen. Sie quatscht dabei. Es hört sich an, als wenn jemand durch Matsch stapft.
Bäcker Schwertlein stellt die Maschine ab und nimmt den Teig wie ein großes Kind in seine Arme, schleppt ihn zu dem Knettisch. Er muß sich beeilen, der Teig ist weich und beweglich, der läuft ihm fast weg.

Als Wiebke mit dem Zeigefinger in den riesigen Berg ein Loch drückt, ist es gleich wieder verschwunden.

„Fühl mal!" Paul gibt ihr einen kleinen Klumpen in die Hand. Sie spielt damit, er ist weich wie ein Gummiball.

Paul hat auch einen Gummiball aus Teig und formt daraus eine Wurst, eine Brezel – ein Herz. Und sechs Buchstaben. Wiebke!

Er strahlt sie an. Ob sie das auch kann?

Na klar!

Bäcker Schwertlein stupst sie unsanft zur Seite. Er braucht Platz zum Wiegen.

Da ist sie wohl doch zu spät gekommen, sie wollte doch wissen, was da alles in den Teig kommt.

Sie ist nicht zu spät. Er kann es ihr erklären: Also, der Brötchenteig besteht aus viel Mehl, viel Wasser, Hefe, Salz, ein bißchen Zucker, ein bißchen Fett und Malz in flüssiger Form.

Alle diese Zutaten knetet die Maschine durcheinander.

Herr Schwertlein nimmt eine Handvoll Mehl, wirft sie auf den Teigberg und teilt ein Stück nach dem anderen ab, mit dem Schaber. Die Stücke wirft er auf die Waage und dann dem Gesellen zu. Der knetet sie mit den Handballen zu dicken Kugeln.

Lustig sieht das aus. Wie ein Spiel. Das möchte Wiebke auch mal machen. Aber das ist nicht möglich. Jetzt muß alles sehr schnell gehen.

Gleich bei den Brötchen, da kann sie mithelfen.

Paul zieht sie zu der Teigverteilermaschine.

Der Geselle Franz legt einen Teigball auf den Eisenteller in der Maschine. Schließt sie, drückt auf den Einstellknopf. Es

brummt und surrt. Als er den Eisenteller wieder herausnimmt, sind aus dem Teigball dreißig gleichgroße Bälle geworden. Wiebke findet das unglaublich. Wie schnell das geht.
„Früher mußte jedes Brötchen einzeln gewogen und geformt werden", sagt Herr Schwertlein.
Sie knuddelt ihren kleinen Teig in den Händen. Früher muß es auch schön gewesen sein.
Ein Teil der Teigbälle kommt zur Ausrollmaschine. Sie laufen durch eine Walze und fallen als längliche Brötchen heraus. Sie fallen schnell, und Paul und Wiebke müssen sie schnell auf die Kipp-Diele legen. Das ist ein langes Brett, mit weißem Leinen bezogen, an den Enden zwei Griffe. Immer sechs Brötchen nebeneinander in dreizehn Reihen. Ist eine Kipp-Diele voll, kommt die nächste dran.
Wiebke darf dann in die Mehltüte greifen und einen ordentlichen Schwapp Mehl auf das Brett werfen, damit die Brötchen nicht ankleben. Sie bleiben auf dem Brett liegen, bis sie genügend gegangen sind. Dann werden sie auf das Förderband gekippt und in den Backofen geschoben.
Bei den Rosinenbrötchen darf sie helfen, Öl auf die Brötchen zu streichen. Die Mohnbrötchen bekommen Mohn, die Sesambrötchen Sesam und Käsebrötchen Käse.
„Und was bekommen Liebesbrötchen?" fragt Franz. Er wirft Wiebke und Paul einen Teigklumpen zu. Daraus soll jeder sich ein Brötchen machen. Er wird sie dann backen.
Wiebke fand Franz bis eben sehr nett, jetzt nicht mehr.
Paul sagt, daß Franz doof ist.
Aber wenn sie den Teig schon mal haben, können sie sich ja ein Überraschungsbrötchen draus machen.

Überraschungsbrötchen?
Ja, jeder backt dem anderen etwas ins Brötchen rein.
Was denn?
Vielleicht eine Nuß oder eine Mandel oder eine Rosine.
Oder einen Zettel, auf den er etwas schreibt.
Einen Zettel!
Paul schreibt. Wiebke schreibt. Sie stopfen die Zettel in ihre Brötchen.
Paul markiert seines mit einer Nuß, damit sie es auch ja wiedererkennen.
Wiebke drückt eine Mandel auf ihres.
Franz schiebt die Brötchen in den Ofen.
Was Paul denn geschrieben hat?
Sagt er nicht.
Was sie denn geschrieben hat?
Sagt sie auch nicht.
Ob sie in der Zwischenzeit mal schnell in die Küche kommen, ein Brötchen essen wollen, fragt Herr Schwertlein.
Nein, sie warten auf ihre Überraschungsbrötchen im Backofen.
Sie sitzen nebeneinander auf einer Tonne.
Nach einer Viertelstunde zieht Franz ihre Brötchen mit den anderen heraus, braun, knusprig, duftend.
Paul bekommt Wiebkes Brötchen, sie das von ihm.
„Ich liebe dich!" steht auf dem kleinen zerknüllten Zettel von Paul.
„Ich dich auch!" steht auf dem von Wiebke.
„Woher hast du denn gewußt, was ich schreibe?" fragt er.
„Weil ich zugeguckt habe", sagt sie. Und beißt in ihr Brötchen.

35 Großvater und Großmutter

Die großen Ferien sind da. Nina und Jonas sind mit den Rädern nach Holland gefahren. Die Großeltern haben vorgeschlagen, Wiebke soll für drei Wochen zu ihnen kommen, nach Bad Sooden-Allendorf.
Mutter brachte die Einladung dazu vom Informationstag mit.
Wiebke packt am Nachmittag ihren Koffer. Mutter findet, daß sie viel zuviel mitnimmt. Ob sie denn drei Jeans und zwei Röcke und vier T-Shirts, zwei Badeanzüge und sechs Paar Socken braucht? Und so viele Bücher?
Ja, unbedingt, Großmutter hat geschrieben, sie wollen mit ihr in den Zoo, ins Bad, in den Park und auf den Meißner. Sie kann doch nicht immer das gleiche anziehen.
Und ob sie denn den Pullover von Paul braucht?
Den braucht sie bestimmt, es kann ja mal kalt werden. Paul nimmt den Pinguin-Pullover auch mit nach Bayern, wo Frau Schwertlein für sich und die Kinder ein Ferienhaus gemietet hat.
Wiebke freut sich auf die Großeltern. Auch auf die Tanten und Onkel, Mutters Geschwister, die in Bad Sooden leben. Und dann sind da noch Manfred, Mechthild und Ludwig, ihre Cousine und ihre Cousins.
Mutter freut sich auch. Sie bringt Wiebke hin, bleibt aber nur einen Tag, wegen Malu, Samstag und wegen des Gartens. Da hat sie jetzt viel Arbeit.

Großmutter hat ein Blech mit Bienenstich gebacken und im Wohnzimmer den Tisch gedeckt.

Wiebke muß erst mal in die Küche, ins Schlafzimmer und ins Bad laufen, um zu sehen, ob sich nicht alles verändert hat.

Verändert hat sich nichts. Großmutter riecht noch immer so gut nach Großmutter wie früher. Und Großvater küßt sie wie immer zuerst auf das linke Auge, dann auf das rechte, dann auf die Nase und dann auf den Mund. Dabei muß er sich aus seiner Höhe von fast zwei Metern zu Wiebke herunterbeugen wie eine Giraffe im Zoo.

„Nun setzt euch alle auf den Popo und eßt Kuchen und trinkt Kakao!" sagt Großvater.

Wiebke quetscht sich zwischen ihn und Großmutter. Spürt die Wärme von ihrem Busen und seinem Bauch.

Sie hört zu, wie die beiden von Mutter erzählen, als sie ein kleines Mädchen war. Das älteste von sechs Geschwistern. Das mag Wiebke, das mochte sie immer schon, besonders, wenn Großvater aus dem braunen Büfett das Familienalbum holt.

„Guck mal, da war deine Mutter acht Jahre alt. Da konnte sie schon Marmorkuchen backen."

„Und hier, da war sie zehn, da hat sie schon für die ganze Familie Nudeln mit Mischobst gekocht."

Wie gut Mutter immer auf ihre Schwestern und Brüder aufpaßte, sieht Wiebke auf fast allen Bildern. Meistens hat sie eins von den Geschwistern auf dem Arm oder an der Hand.

„Deine Mutter hat sich immer vier Kinder gewünscht", sagt Großvater.

Mutter sortiert ein paar Kuchenkrümel auf dem Teller.

„Vielleicht, wenn die Sache mit Vater und dem Trinken nicht passiert wäre, hätte ich heute vier."

„Das kannst du doch noch nachholen", meint Wiebke. Sie möchte am liebsten so niedliche Zwillinge wie Eva und Marie haben.

„Um Himmels willen, Kind, red nicht so was!" Großmutter schlägt die Hände ineinander. „Denk doch an deinen kranken Vater."

„Der ist doch jetzt gesund."

„Hoffentlich bleibt er es auch!" Großmutter seufzt.

„Ja, das hoffen wir alle", sagt Mutter. Sie schaut nachdenklich aus dem offenen Fenster auf die Werra. Der Fluß zieht direkt am Haus vorbei.

„Es wird schon gutgehen!" Großvater legt seine Hand auf Mutters Knie.

Sie lächelt, sagt: „Danke, Vater!"

Er glaubt, daß es gutgeht, weil nicht nur Vater sich verändert hat, wie sie am Informationstag festgestellt haben. Auch Mutter hat sich verändert. Sie ist selbstbewußter geworden.

„Und selbständiger", sagt Mutter. Sie weiß nicht, ob sie sich auf Vater freut oder nicht, ob sie überhaupt weiter mit ihm leben will. Es läuft alles so gut ohne ihn.

Wiebke hört auf zu atmen, ihr Herz einen Moment auf zu schlagen. Als es wieder anfängt, schlägt es um so schneller. Sie möchte schreien, wegrennen. – Aber sie bleibt sitzen, eingeklemmt zwischen Großvater und Großmutter. Sie drückt ihren linken Daumen und sagt, als er weh tut: „Aber ich will meinen Vater wiederhaben!"

„Du bekommst ihn ja auch wieder", Großmutter versucht,

ihr die Backe zu streicheln, und fragt, wie denn eigentlich das Zeugnis ausgefallen ist.

„Gut", sagt Mutter für Wiebke. „Sie ist in fast allen Fächern eine Note raufgerutscht."

„Na, da freust du dich aber!"

Wiebke nickt. Nur, sie findet Noten überhaupt nicht gut, wie Nina.

„Wieso denn das?"

Das versteht Großmutter nicht.

Wenn sie darauf besteht, erklärt Wiebke es ihr.

Das ist so. Im letzten Jahr, als es mit Vater so schlimm war, da konnte sie überhaupt nicht gut aufpassen und lernen. Da hat sie schlechte Noten gehabt.

In diesem Jahr, wo Vater weg war und sie keine Sorgen wegen ihm hatte, da ist sie besser geworden.

„Das ist doch auch erklärlich", sagt Großvater.

„Ein Kind, das von zu Hause so belastet war wie du, kann doch auch gar nicht lernen."

„Aber Noten habe ich trotzdem bekommen", sagt Wiebke. „Und beinahe wäre ich sitzengeblieben."

„Was sich Kinder heute alles so ausdenken!" Großmutter fragt, ob Wiebke noch ein Stück Bienenstich will.

Nein, sie will nicht, platzt sonst.

Aber Mechthild, Ludwig und Manfred, die mögen noch welchen. Sie kommen ins Wohnzimmer gestürzt. Und ein Glück, daß Wiebke ihnen was übriggelassen hat. Sonst wäre es ihr schlechtgegangen, drohen sie.

Sie soll mitkommen, im Stadtpark ist heute großes Sommerfest. Das dauert zwei Tage. Ein guter Anfang für die drei Wochen, die Wiebke bei ihnen bleibt.

„Wenn ihr zum Park geht, kommt ihr am Bahnhof vorbei. Fragt doch mal bei der Auskunft nach, wann ich heute abend zurückfahren kann", bittet Mutter.
„Mußt du wirklich schon heute abend nach Hause?"
„Ja, wegen Malu und Samstag. Die beiden sind allein."
Wenn Nina und Jonas zu Hause wären, könnte sie bleiben. Aber die sind ja in Holland.
„Schade", sagt Großvater. „Aber dafür bleibt Wiebke ja bei uns."

36 Der graue Mann

Wiebke bleibt nicht. Sie packt nicht einmal ihren Koffer aus. Als der Zug um acht Uhr Bad Sooden-Allendorf verläßt, liegt sie mit Mutter im Fenster und winkt und winkt. Großvater und Großmutter winken auch, auf dem Bahnsteig. Wiebke sieht, wie sie kleiner und kleiner werden.
„Ich glaube, die beiden sind sehr traurig", sagt Mutter.
„Ich auch." Wiebke drückt sich an ihre Schulter. Die Traurigkeit ist schwer und grau. Wie der Mann heute nachmittag auf dem grauen Asphalt vor dem Bahnhofsgebäude. Der Mantel war grau, die Hose auch. Der Bart, die Haare auf seinem Kopf. Grau das Gesicht und grau die Hände. Nur die Flasche, die neben ihm stand und zu ihm gehörte, die war grün.
Es sah aus, als wenn er schliefe, aber er schlief nicht. Wenn jemand ihm ein Geldstück zuwarf, nickte er mit dem Kopf.

„Seht euch den an! Ein Penner!" Ludwig entdeckte ihn zuerst.

„Wie der da hockt!"

„So was sollte verboten werden. So besoffen wie der ist."

„Der ist doch krank", sagte Wiebke.

„Ich hab gar nicht gewußt, daß Saufen eine Krankheit ist!" Mechthild grinste.

„Ist es aber!"

„Du mußt es ja wissen, wo dein Vater ein Trinker ist!" Das sagte Manfred.

„Er ist kein Trinker. Er war alkoholkrank."

„War?" Mechthild zog das a lang.

„Ja, er war. Jetzt ist er gesund. Bald kommt er nach Hause."

Wiebke merkte die Tränen in ihren Augen. Das wollte sie nicht. Sie drehte sich um und warf dem grauen Mann die fünf Mark hin, die Großvater ihr fürs Sommerfest geschenkt hatte, und rannte zu Mutter.

37 Das Puppenhaus

Am Mittwoch, 12.31 Uhr, läuft der Zug aus Darmstadt ein, mit dem Vater nach Hause kommt.

Ob sie ihn am Bahnhof abholen?

So eine Frage!

Natürlich – und dieses Mal soll alles fertig sein.

Da müssen Mutter und Wiebke sich ganz schön ranhalten.

Sie sind ja nur zu zweit. Jonas und Nina sind noch mit den Rädern unterwegs. Mittags soll es Pflaumenklöße geben, die mag Vater sehr. Mit Zimt und Zucker und brauner Butter. In die Pflaumenklöße gehören Eier. Die holt Wiebke mit Mutter vom Bauern Tegelmann, der seinen Hof hinter der Tannenallee hat. Samstag springt voraus, kläfft die Kühe auf der Weide an und jagt die Hühner auf dem Hof herum. Beim Bauern Tegelmann kaufen sie gerne Eier, weil seine Hühner im Freien herumlaufen dürfen.
Zehn Stück packt Frau Tegelmann in der Küche ein und legt noch zwei Eier dazu. Umsonst, für Vater. Er kommt doch morgen aus der Alkoholikerklinik.
„Sie wissen das?" Mutter fällt fast das Geld aus der Hand. „Das mit dem Trinken und Haus Burgwald?"
„Ja, natürlich!" Frau Tegelmann legt die Eier in den Korb. „So was bleibt doch hier nicht verborgen." Und ein Glück, daß er zur Kur gegangen ist. Wo er doch so ein netter Mann ist. Und ein Glück, daß er Mutter hat. Sie macht das schon mit ihm.

～

Draußen auf dem Weg setzt sich Mutter auf einen großen rauhen Stein, legt die Hände vors Gesicht und weint und weint. Sie weiß nicht, ob sie es schafft mit Vater, weiß nicht, wie alles weitergehen soll. Wegziehen will sie mit Wiebke und Jonas, in eine andere Stadt, wo niemand sie kennt. Oder am besten in ein anderes Land. Vielleicht nach Madagaskar, von der Insel hat sie schon als Kind geträumt. Auf keinen Fall mehr will sie in dem Haus mit dem hohen braunen Zaun wohnen, das wie ein Gefängnis ist.

„Wir können den Zaun doch einfach umhauen!" Wiebke trocknet Mutter mit ihrem Taschentuch die Tränen aus dem Gesicht.
„Ja", schluchzt Mutter. „Nur, das muß Vater machen. Er hat ihn schließlich gebaut."
Sie versucht, ein bißchen zu lächeln. Dann sagt sie, wie froh sie ist, daß Wiebke mit nach Hause gefahren ist und nicht in Bad Sooden-Allendorf geblieben ist. Dann ist sie morgen nicht so allein, wenn Vater kommt.
Außerdem braucht sie ihren Rat, ihre Hilfe.
„Wozu denn?" fragt Wiebke.
Morgen abend ist Gruppenstunde vom Freundeskreis. Die hat Mutter seit dem Ehefrauen-Seminar nicht ausfallen lassen. Da fühlt sie sich wohl. Die Menschen haben alle das gleiche Problem dort, den Alkohol. Sie können offen darüber reden und helfen sich gegenseitig. Das ist wichtig. Auch für Vater. Er braucht nach der Kur weiterhin Hilfe und Freunde.

～

Er braucht keine Freunde! Er hat doch Mutter und Wiebke! Das sagt Vater am nächsten Abend. Er will auf keinen Fall mit zum Freundeskreis, und er findet es auch nicht gut, daß sie ihn gleich allein lassen will. Später ja, da kommt er gern mit. Aber heute abend nicht.
Sie bleibt bei ihrer Entscheidung. Dann geht sie eben ohne ihn. Das macht sie dann aber nicht. Denn zuletzt sagt Vater doch, er kommt mit zur Gruppenstunde.
Er will nämlich den Hans begrüßen. Der Hans ist ein Patient, der vor fünf Jahren in Haus Burgwald war, zur Kur. Va-

ter lernte ihn am zweiten Sonntag im Juni kennen, bei der achtundsiebzigsten Wiedersehensfeier in Haus Burgwald.
„Das war ein richtiges Fest", erzählt Vater. „Bestimmt tausend Menschen waren da."
„Was, so viele?" wundert sich Wiebke. „Alles Patienten, die gesund geworden sind?"
„Nicht nur Patienten. Sie haben ihre Frauen, Kinder, Freunde mitgebracht."
Wiebke streichelt seine Hand. „Du bist ja auch gesund geworden."
Vater hält ihre Hand fest und erzählt, er hat Patienten erlebt, die schon vor fünfundzwanzig Jahren in Haus Burgwald eine Kur gemacht haben und seitdem keinen Tropfen Alkohol mehr trinken. Wie glücklich die waren und ihre Frauen. Er hat sich mit ihnen unterhalten. Alle waren sich einig, wie die Kur sie verändert und zu einem neuen Leben geführt hat. Vater lacht und beschäftigt sich mit dem dritten Pflaumenkloß. Er behauptet, daß sie ganz neu schmecken. So gut hat er sie früher nie bei Mutter gegessen.
Ob Wiebke nicht wenigstens noch einen will?
Nicht möglich. Wiebkes Bauch ist voll.
Und dann soll Vater sich mal ein bißchen beeilen. Sie muß zu Monika, die soll kommen und sich ansehen, was er mitgebracht hat. Einen großen, riesigen Karton, den schleppte er aus dem Zug. Der paßte kaum ins Taxi. Vater wollte nicht verraten, was drin war. Das brauchte er auch nicht, Wiebke wußte es ja.
Das Puppenhaus!
Das, was er selbst in der Schreinerei in Haus Burgwald gebaut hat.

Die Fahrt mit dem Taxi war viel zu lang. Die Ampeln zeigten viel zu lange rot. Und die dicke Schnur um das Paket ging viel zu schwer auf.

„Du kannst dir nicht denken, wie schön es ist!" schreibt Wiebke an Paul. Am Abend, als die Eltern im Freundeskreis sind. „Aus dickem Holz, zwei Stockwerke mit vier Fenstern und einer Drehtür und Wendeltreppe und Schornstein, einem kleinen viereckigen. Es hat rot-weiß karierte Gardinen, und die Bettwäsche für das Doppelbett ist auch rot-weiß kariert. Und der Hund, den Vater geschnitzt hat, der ist schwarz. Mit dem spielt Malu. Eben habe ich sie gesucht. Was meinst du, wo sie war? Im Puppenhaus. Sie hat geschlafen, im ersten Stock.

Wenn du kommst, können wir schön mit dem Puppenhaus spielen. Heute nachmittag habe ich mit Monika gespielt.

Wann kommst du denn endlich wieder? Es ist sehr langweilig, ohne dich Brötchen auszutragen."

Um so was hat Vater sich früher nie gekümmert 38

Die Eltern sind früh aus der Gruppenstunde wieder da. Wiebke ist noch lange nicht fertig. Zwei Seiten hat sie erst geschrieben, und der Brief sollte viel länger werden.

Aber die ganze Anstrengung war umsonst. Sie schickt ihn nicht ab.

„Was schreibst du denn da?" fragt Vater und beugt sich von hinten über sie.

„An Paul, ich erzähle ihm von dem Puppenhaus."
Vater freut sich, zuerst. Dann freut er sich nicht mehr. Weil Wiebke Puppenhaus nur mit einem p und Drehtür ohne h und Schornstein ohne r geschrieben hat. Sechzehn Fehler in so einem kleinen Brief. Den kann sie Paul unmöglich schicken. Was soll denn seine Mutter denken!
„Der Brief ist doch nicht an seine Mutter. Er ist doch an Paul", erklärt Wiebke. Und der ist so gut in Deutsch, er kann ja die Fehler verbessern.
Darauf läßt Vater sich nicht ein. Er meint, Wiebke soll den Brief morgen früh noch einmal abschreiben.
„Um so was hast du dich sonst nie gekümmert." Wiebke packt ihr Schreibzeug zusammen.
Sie kann sich nicht erinnern, daß Vater jemals einen Aufsatz oder sonst etwas für die Schule nachgeguckt hat.
Er packt ihren Pferdeschwanz. Dann wird er sich von jetzt an darum kümmern. Wie wichtig das ist, sieht er ja an ihrem Brief.
Wiebke wirft Mutter einen Blick zu. Die zieht die Schultern hoch und sieht auch nicht sehr glücklich aus.
„Und morgen schlafen wir uns alle aus. Dann mache ich meinen beiden Damen das Frühstück, wie versprochen", verkündet Vater.

Daraus wird aber nichts. Wiebke muß früh Brötchen austragen, und Mutter soll schon vor acht in der Bäckerei sein. Das hat er ganz vergessen. Mutter ist ja berufstätig. „Gut, daß das bald vorbei ist", sagt Vater.
Wiebke hört es auf der Treppe, als sie nach oben geht. Sie

horcht, bleibt stehen, lauscht, was Mutter sagt: daß es nicht vorbei ist und sie weiter in der Bäckerei arbeitet.

Ja, aber jetzt ist er doch wieder da, sagt Vater. Was er verdient, reicht doch für alle.

Trotzdem, sie haben Schulden, die müssen abbezahlt werden. Und dann macht es ihr auch Spaß im Geschäft mit den Kunden.

Aber die Kinder und Vater und der große Haushalt und der Garten! Wie sie sich das denkt. Das geht doch gar nicht.

Doch! Es ist ja bis jetzt gegangen. Also wird es auch weiter gehen, wenn alle mithelfen.

„Übrigens, morgen bin ich bis zum Abend in der Bäckerei. Frau Schwertlein kommt erst übermorgen mit den Kindern zurück", sagt Mutter.

Übermorgen! Wiebke springt zwei Stufen auf einmal. Übermorgen kommt Paul. Was hat Vater gesagt? Sie kann den Brief an Paul unmöglich so abschicken? Macht sie auch nicht. Er kann ihn ja hier lesen, übermorgen.

Vater wundert sich 39

Paul gefällt das Puppenhaus. Und er möchte auch gern mit Wiebke zusammen damit spielen. Nur nicht am Samstag nachmittag. Er will ins Bad. Wiebke soll mitkommen, es ist

so heiß im Garten, wie in einer Bratpfanne, weil der hohe braune Zaun keinen Wind hereinläßt.
Wiebke findet auch, die Hitze ist nur im Badeanzug zu ertragen. Den hat sie gleich heute morgen angezogen. Vielleicht wollen Vater und Mutter auch ins Bad.
Vater ist im Garten mit den Blumen beschäftigt. Sie blühen, leuchtend schön. Löwenmaul, Mohn, Studentenblumen, Wicken und Sonnenblumen.
Er möchte gern zum Schwimmen. Aber er will wegen Mutter nicht mitgehen. Das muß Wiebke verstehen. Er mag sie nicht gleich in den ersten Tagen allein lassen. Sie macht sich doch nichts aus Schwimmen. Sie kann es ja gar nicht.
„Vielleicht will Mutter trotzdem mit", sagt Wiebke.
Ja, sie will, verkündet gutgelaunt, daß sie die Kinder und Vater gern ins Bad begleitet. Dabei stubst sie Wiebke in die Seite und kneift ein Auge zu. Vater freut und wundert sich. Er kommt aus dem Wundern nicht mehr heraus, ist verwundert, wieso sie so schnell umgezogen ist und mit Paul und Wiebke schon am Schwimmbecken steht.
Vater bewundert ihren zweiteiligen Badeanzug, den mit den Sternchen, und er wundert sich, wo sie plötzlich hin ist. Dann hört er Schnaufen, Lachen, Prusten, sieht sie mitten aus dem Wasser winken. Da springt er, um sie zu retten.
Mutter wäre fast ertrunken, als sie sich dagegen wehrt, von Vater gerettet zu werden.
Bademeister Bäcker holt sie aus dem Wasser und legt sie lang auf den Beckenrand. „Sie war meine beste Schülerin", schnauzt er Vater an. Und warum er sie nicht in Ruhe lassen kann. Wer er eigentlich ist?
Ihr Mann!

Vater ist beleidigt, noch lange, als sie zusammen unter der Trauerweide auf der Decke liegen und Wiebke einen kleinen grünen Käfer beobachtet. Der krabbelt auf einem Spinnfaden, der sich von einem Grashalm zum anderen wie eine Brücke spannt. Paul schreibt ihr mit dem Daumennagel auf den Rücken. Sie rät Ebeil, obwohl er Liebe geschrieben hat, denn sie muß unbedingt mitbekommen, worüber die Eltern reden.
Über Mutter!
Vater beschwert sich, daß sie anders geworden ist, beschwert sich über ihre Berufstätigkeit, die sie nicht wieder aufgeben will. Die Gruppenstunde, die ihr plötzlich so wichtig ist. Vielleicht wichtiger als Vater? Auch über das Schwimmen beschwert er sich, das ihr Bademeister Bäcker beigebracht hat. Früher, bei Vater, wollte sie nie schwimmen lernen. Alles ist neu an ihr.
Er sitzt auf der Decke wie ein kleiner Junge, der gestreichelt und getröstet werden will und der Angst hat.
Mutter streichelt ihn, zählt die Haare auf seiner Brust. Sie hat auch Angst, sagt sie, daß er sie wieder in die alten Schuhe stecken will.
„Alte Schuhe?" fragt Vater.
Ja, in die alten Schuhe von früher. Da ist sie rausgewachsen in dem halben Jahr, in dem sie mit den Kindern allein war. Überhaupt, was er hat? Er ist ja auch neu.
Er war ja auch zur Kur.
Ein Glück!
Wiebke kann sich nicht erinnern, mit Vater jemals im Wasser getobt zu haben. Sie spielen mit ihm im Nichtschwimmerbecken. Er schnaubt und spritzt wie eine alte Dampf-

maschine, spielt Ball und Jagen und Rakete mit Wiebke und Paul. Die beiden springen wie fliegende Fische übers Wasser. Plötzlich ist Vater verschwunden, beißt sie unter Wasser in die Füße, taucht durch ihre Beine und lacht, wenn sie schreien.

40 Eine Tasche voll Akten

Vater arbeitet wieder in der Spedition. Er ist weiterhin im Büro tätig. Der Chef, Herr Bauermann, ist froh, ihn wiederzuhaben. Er hat gestöhnt, wie schlimm die sechs Monate ohne ihn waren. „Das tat richtig gut", erzählt Vater beim Abendpicknick. Er bestand darauf, nach dem Büro mit Mutter und Wiebke zum Tiefen See zu fahren. Hinten im Korb auf dem Gepäckträger war das Abendbrot. Es tat ihm auch gut, mit den Kollegen und Mitarbeitern offen über die Kur zu reden. Sie wissen ja, daß er alkoholkrank war. Und sie wissen auch, bei ihm ist es mit dem Alkohol vorbei.

Vater meint, er muß Herrn Bauermann sehr dankbar sein, weil er ihn doch zur Kur gebracht hat.

„Hoffentlich vergißt du bei deiner Dankbarkeit nicht das Neinsagen", meint Mutter.

„Ja, ich passe schon auf", verspricht Vater. Aber nach vier Tagen bringt er eine Tasche voll Akten mit, über die Mutter sich furchtbar aufregt und droht, aus dem Haus zu gehen, wenn das jetzt wieder losgeht.

„Aber Lotte", tröstet Vater. „Das ist doch nur der Übergang. Es ist im Büro so viel liegengeblieben, durch meine Kur."
Das hat er damals auch gesagt. Mutter erinnert sich sehr genau. Und sie muß ihm etwas sagen. Etwas sehr Wichtiges. Sie glaubt daran, alles wird wieder gut mit ihnen. Nur eins soll er wissen. Sie ist nicht bereit, alles, was mit der Trinkerei war, noch einmal zu erleben.

~

Am Freitag abend verkündet Vater stolz, er geht morgen nicht ins Büro.
Aber er hat doch am Samstag sowieso frei.
Ja, aber der Chef wollte ihn unbedingt für zwei, drei Stunden am Vormittag haben. Da hat er nein gesagt. Das war ganz schön schwierig.
Geholfen hat ihm, daß er sich mit Mutter verabredet hat, am Samstag morgen mit ihr in die Stadt zu gehen. Er braucht einen neuen Cordanzug.
Aber am Samstag morgen, ganz früh, noch vor dem Brötchenaustragen, schellt Paul. Ob Wiebkes Mutter nicht doch am Morgen kommen kann? Frau Schwertlein hat sich gestern abend beim Apfelschälen in die Hand geschnitten. Die Wunde mußte genäht und die Hand ruhiggestellt werden.
Das ist wirklich dumm. Was sollen sie denn jetzt machen?
Dann muß er eben allein gehen. Er braucht den Anzug.
Allein? Wiebke kann ihn doch begleiten.
Sie ist begeistert. Mit Vater allein in die Stadt, einen Cordanzug kaufen!

Da zieht sie natürlich ihren neuen Rock an, den Mutter genäht hat.
Ob sie denn immer noch nicht fertig ist? Das dauert ja ewig heute bei ihr.
Gleich, sie will nur noch zwei Strähnen zu Zöpfchen flechten, damit ihr die Haare nicht immer so ins Gesicht fallen.

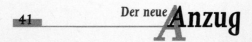

41 Der neue Anzug

In der Stadt ist es voll. Samstag, der mitdurfte, will an jeder Häuserecke stehenbleiben und schnuppern. Das ärgert Vater. Er hat ja gleich gesagt, der Hund soll zu Hause bleiben.
Wiebke hängt sich bei Vater ein, fragt, wo er den Anzug kaufen und was für eine Farbe er haben will.
Er möchte einen braunen, das hat er mit Mutter besprochen, und er wird ihn da drüben in dem Kaufhaus kaufen.
„Wieso willst du nicht hier in das Geschäft, wo Herrenbekleidung steht?" fragt Wiebke. Sie zieht Vater vor das Schaufenster.
Er wirft nicht mal einen Blick rein. In so ein Geschäft geht er nicht. Weil da bestimmt viele Verkäufer sind, die ihn bedienen wollen. Im Kaufhaus sind sicher keine. Da kann er sich seinen Anzug selber aussuchen.

Er hat sich geirrt. Im Kaufhaus in der Herrenabteilung wartet ein liebenswürdiger Herr mit silbergrauem Haar schon auf sie.

Er begrüßt zuerst den Hund. Er findet ihn sehr nett, und er hat auch einen zu Hause. Dann fragt er nach Vaters Wünschen.
Einen Cordanzug?
Da hat Vater aber Glück. In Cordanzügen haben sie große Auswahl. Blaue, grüne, graue Anzüge hängen an der Stange. Nur ein brauner, so wie Vater ihn wollte, der ist nicht dabei.
Ob Vater nicht viel besser Grün steht oder Blau? Braun, jetzt im Sommer, ist doch viel zu dunkel. – Er soll doch wenigstens mal den grünen probieren.
Wiebke findet, sie stehen ihm alle gut. Sie sitzt auf einem Stuhl und guckt zu. Sie wußte gar nicht, daß Vater so eine fabelhafte Figur hat und so braungebrannt ist und daß er bestimmt jede Farbe tragen kann.
Vater nimmt den grauen Anzug.
Als sie mit ihm und Samstag an der Kasse steht, gefällt ihr der graue nicht mehr so gut. „Grau ist eigentlich überhaupt keine schöne Farbe."
Das findet Vater auch.
„Du hast doch einen braunen gewollt."
„Ja!" Er nickt und läßt sich mit der Schlange von Menschen weiter an die Kasse schieben.
„Und wieso hast du dann den grauen gekauft?"
Er hebt die Schultern und sieht nicht sehr glücklich aus. Er hat sich nicht getraut, der Verkäufer war so nett und hat sich soviel Mühe gegeben. Er wollte ihn nicht enttäuschen.
„Aber jetzt merkt er es ja nicht mehr."
„Wieso?"
„Wenn wir abhauen. Du hast doch noch nicht bezahlt."

„Aber das macht man doch nicht."
Er bezahlt den Anzug, steckt die Quittung in die Brieftasche und fragt, ob er ihn eventuell umtauschen kann.
Ja, das kann er.
„Mal sehen, was Mutter zu dem Anzug sagt."

~

Sie stehen wieder auf der Straße. Vater mit seiner Tüte. Wiebke mit Samstag.
Ob sie vielleicht ein Eis haben kann?
Ja, sie soll in den Eissalon gehen. Er hat auch Durst, er wird da drüben am Kiosk eine Limo trinken.
An der Eistheke ist es voll. Wiebke muß warten. Aber sie wartet nicht lange, denn plötzlich hat sie furchtbar Angst. Am Kiosk gibt es auch Alkohol. Bier, Schnaps in kleinen Flaschen. Wie oft hat sie früher versucht, ihn da wegzuholen, wenn er weggelaufen war.
Wiebke rennt los. Er steht da, trinkt seinen Sprudel und fragt, ob sie auch einen Schluck haben will.
Nein! Sie reckt sich auf die Zehen, will einen Kuß. Sie riecht nichts, keinen Alkohol. Da nimmt sie seine Hand und zieht ihn weg. Er hat ihr doch versprochen, das Feuer-Spiel zu kaufen, heute, nach dem Anzugkauf.
Im Spielwarengeschäft ist das Feuer-Spiel vergriffen. Ob sie nicht ein anderes Spiel möchte? Vielleicht schaut sie sich mal um.
Wiebke schaut sich um. Sie wußte gar nicht, daß es so viele Spiele gibt. Himmel, was soll sie denn jetzt nehmen?
„Wolltest du nicht das Feuer-Spiel?" fragt Vater.
„Ja", sagt Wiebke.

Im nächsten Spielwarengeschäft finden sie es.
Ein Glück, denn sie ist sehr müde und will nur noch nach Hause.

Jonas und Vater 42

Wiebke ist froh, daß sie sich kein anderes Spiel ausgesucht hat. Das Feuer-Spiel gefällt allen. Mutter, Vater, Paul und Monika, Uli, Gert, Nina und Jonas, der vom Spielen eigentlich nichts hält. Aber da macht er mit.
Er sagt, das Feuer-Spiel sei ein richtiges Friedens-Spiel, weil da keiner gegen den anderen, sondern alle zusammen gegen das Feuer spielen.
Obwohl es ein Friedens-Spiel ist, streiten sich Vater und Jonas dabei. Das ist der erste große Streit zwischen den beiden. Das heißt, der zweite, nachdem Jonas und Nina zurück sind. Einen Tag bevor die Schule wieder anfing, kamen sie an, hungrig, durstig, badewannenreif.
Nina sah richtig nach Meer und Wind aus, die Haare hell von der Sonne, die Haut dunkel. Wiebke konnte es kaum glauben, daß Ninas Beine wirklich so braun waren. Oder hatte sie Strümpfe an?
„Fühl doch mal", sagte Nina. Wiebke fühlte nackte Haut.
Jonas sah nicht gut aus. Dünn war er geworden, hatte eingefallene Backen und einen Bart. Den hatte er sich wachsen lassen, als er fast zehn Tage im Zelt mit Mandelentzündung lag. Nina hat Angst um ihn gehabt. Aber er wollte die Fe-

rien nicht abbrechen. Der Bart kratzte, als Jonas Wiebke auf die Backe küßte.

„Junge!" sagte Vater. „Warum bist du nicht nach Hause gekommen und hast dich hier bei uns ins Bett gelegt?" Er hätte ihn schon gesund gepflegt, mit Tee und Honig und Zitrone.

„Du? Ausgerechnet du?" fragte Jonas. Und ist einen Schritt zur Seite gegangen. Dabei fiel Vaters Hand von seiner Schulter. Er wollte ihn gesund pflegen? – Er hat ihn ja nicht mal krank sein lassen, damals, als er am Morgen im Bett liegenbleiben wollte, weil er sich so schlecht fühlte, Fieber hatte und Masern, wie der Arzt später feststellte.

Vater hatte ihm nicht geglaubt, daß er krank wäre. Er sei nur faul, wolle sich drücken vor der Schule. Jonas riecht heute noch den Schnaps wie damals, als Vater an sein Bett gekommen war.

„Mußtest du ihm das gleich vorwerfen, kaum, daß ihr euch wiedergesehen habt?" fragte Mutter später in der Küche. Sie fand das überhaupt nicht gut.

Jonas auch nicht. Sein Gesicht sah noch dünner aus, wie er da vor seinem leeren Teller saß und aufs Essen wartete. Er wußte auch nicht, wieso und warum er das gesagt hatte. Er wollte es nicht, wirklich nicht. Aber Vater hat ihn gereizt. Er war plötzlich da, einfach so, nach der langen Zeit.

„Du hast da noch einen ganz dicken Rucksack auf deinem Rücken", sagt Nina.

Einen Rucksack!

Ja, den er mit sich schleppt, von früher mit Vater. Was er erlebt hat mit ihm.

Was sie da für dummes Zeug redet?

Er hat nichts erlebt, hat ja nie einen Vater gehabt.

„Aber jetzt haben wir einen", sagt Wiebke. „Und er spielt jeden Tag mit mir."

„Er gibt sich wirklich alle Mühe", sagt Mutter. Sie stellt für Jonas und Nina eine Pfanne mit Nudeln und Eiern auf den Tisch.

Jonas greift nach der Gabel. Er will sich auch Mühe geben. Und jetzt will er essen, nicht mehr darüber reden.

43 Ein Stein fällt ins Wasser

Sie geben sich beide Mühe, Jonas und Vater.

Trotzdem friert Wiebke immer ein bißchen zwischen den beiden.

Jonas geht seinem Vater aus dem Weg. Vater versucht, auf ihn zuzugehen.

„Hast du Lust, mit mir Waldlauf zu machen?"

Nein, Jonas hat keine Lust.

„Fahrt ihr am Sonntag mit zur Sababurg? Im Tierpark sollen junge Wildschweine sein."

Jonas will mit Nina zur Draxelburg.

„Geht ihr mit zum Schwimmen?"

Nein, sie machen mit Freunden einen Ausflug.

„Wer macht mit beim Feuer-Spiel?"

Ja! Da spielt er mit. Manchmal.

Auch an dem Sonntagnachmittag, an dem die Wolken Regen bringen. Sie sitzen zusammen um den Tisch, Vater,

Mutter, Jonas und Wiebke. Auf dem Boden spielt Malu mit Samstag.

Genauso wie Wiebke es auf dem Bild beim Kinder-Eltern-Seminar gemalt hat. Sogar die Lampe brennt über dem Tisch. Es ist gemütlich, auch als dicke Hagelkörner gegen die Scheibe knallen.

Jonas sieht finster nach draußen. „Hoffentlich weicht der Regen den neuen Aufkleber am Auto nicht völlig auf."

„Was denn für einen Aufkleber?" fragt Vater.

„Den Friedensaufkleber, den ich eben erst drangemacht habe."

„An unser Auto?"

„Ja, weiße Taube auf blauem Grund." Hat er vielleicht was dagegen?

Er hat was dagegen, Vater will keinen Aufkleber an seinem Auto. Auch keinen Friedensaufkleber. – Außerdem wünscht sich wohl jeder Frieden. Das braucht er nicht besonders zu betonen. Es fällt nur schwer, daran zu glauben.

„Und wieso fällt dir das so schwer?" fragt Jonas.

Vater hebt seine Schultern, läßt sie wieder fallen.

Seufzt. „Kriege hat es immer gegeben. Kriege wird es immer geben. Das ist nun einmal so."

„Das ist nun einmal nicht so!" Jonas springt auf. Der Stuhl knallt auf den Boden. „Es wird nicht immer Kriege geben. Nämlich dann nicht mehr, wenn ihr endlich mit diesem alten Denken aufhört. Ihr!" Er zeigt mit spitzen Fingern auf Vater. „Ihr denkt immer das gleiche und wundert euch dann, wenn nichts Neues kommt." Jonas kneift die Augen zusammen und steckt die Hände in die Taschen. „Stellt euch doch mal vor, wir denken das nicht mehr, daß es immer Krieg geben wird. Wir glauben endlich alle an den Frieden!"

„Das ist dann so wie in Haus Burgwald!" ruft Wiebke. Ganz aufgeregt ruft sie das und stößt Vater in die Seite. „Weißt du noch bei der Morgenfeier am Sonntag. Das Bild von dem Stein, der ins Wasser fällt. Wie da zuerst nur ein kleiner Kreis war, dann ein zweiter, ein dritter, und dann wurden die Kreise immer größer. So ist das bestimmt auch mit dem Frieden. Erst glaubt es einer, dann zwei, dann drei, dann immer mehr."

„Jetzt reicht's aber!" Vater schlägt mit der flachen Hand auf den Tisch.

Die Spielklötzchen fliegen hoch, fallen um. Ihm reicht es jetzt vom Krieg und vom Frieden. Er stellt sich unter Spielen was anderes vor.

Wiebke sieht, wie ihm das Blut in den Kopf steigt, wie es oben an seinen Schläfen klopft. Da ist sie besser still. – Aber sie muß noch was sagen. Das kann sie am besten, wenn sie Malu im Arm hat. Die mauzt und will nicht, schon gar nicht, wenn sie so gedrückt wird.

Wiebke muß Vater sagen, daß das bestimmt wahr ist, was Jonas gesagt hat, mit dem Glauben.

Sie hat ja auch geglaubt, Vater wird gesund. Und jetzt ist er auch gesund geworden.

„Genau!" schreit Jonas. „Genau so ist es. Was haben denn die Menschen früher gedacht über einen, der getrunken hat? Denken es heute noch. Ein Trinker ist der, ein Säufer. Dem ist nicht zu helfen, haben sie geglaubt!"

„Du aber auch", sagt Wiebke.

„Ja!" brüllt Jonas. „Ja, ich habe das auch geglaubt!" Er

lehnt den Kopf an die Wand, an der das Bild von Großvater hängt. Er weint.

Mach, was du willst! 44

„Junge!" Mutter versucht, ihn in die Arme zu nehmen. Jonas stößt sie weg. Weint in seinen Arm.
Sie streicht ihm den Rücken. „Nun sei doch ruhig. Vater hat bestimmt nichts dagegen, wenn der Aufkleber am Auto bleibt."
„Doch!" sagt Vater. „Ich will ihn nicht an meinem Auto."
„Dein Auto!" brüllt Jonas ihn an. „Dein Auto. Auf einmal ist es wieder dein Auto."
„Ist es ja auch."
Ja, aber in den sechs Monaten war er froh, daß Jonas gefahren ist. Seine Frau, seine Tochter, Einkaufen, Banksachen, TÜV, zu den Großeltern nach Bad Sooden-Allendorf, Geld leihen, damit sie die Rechnungen für seine Trinkerei bezahlen konnten.
„Du kannst jederzeit mit dem Auto fahren", sagt Vater. „Das habe ich dir gestern schon mal gesagt."
„Ich will aber nicht", brüllt Jonas. „Ich will überhaupt nichts mehr von dir!" Er zerrt den Wagenschlüssel aus der Tasche. Wirft ihn auf den Fußboden, stürzt aus dem Zimmer.

Die Tür schlägt zu. Auch die Gartentür, hinter ihm und seinem Rad.

„Ich habe wohl wieder alles falsch gemacht." Vater sieht Mutter an.

„Ja!" Sie packt das Spiel zusammen.

Er geht.

„Wenn Vater wegläuft, renne ich heute nicht hinter ihm her", sagt Wiebke.

„Nein, das brauchst du auch nicht", sagt Mutter. Sie läßt sich auf die Couch fallen und schließt die Augen.

Wiebke bleibt starr auf ihrem Stuhl. Sie wartet! Auf den Knall, wenn Vater abhaut.

Der Knall kommt nicht, aber Krachen, Hauen, Schieben, Stoßen. Aus dem Keller.

„Er wird doch nicht alles kaputtschlagen!" Mutter reißt die Kellertür auf.

Nein, er schlägt nicht alles kaputt. Er räumt nur die Regale und die Schränke aus dem Heizungskeller.

Und warum?

Weil er sich eine Werkstatt, eine Schreinerei einrichten will.

Eine Werkstatt?

Ja, er hat Wiebke einen Puppenschrank versprochen. Und er will ein Vogelhaus bauen und ein Regal für die Küche. Wenn Mutter das will.

„Mach, was du willst", sagt sie, dreht sich um und geht Jonas suchen.

Für ein **Puppenhaus** ist ein **Mensch** nie zu alt 45

Paul hat ein neues Buch bekommen: „Schliemann entdeckt Troja". Heinrich Schliemann war der Mann, der die alte Stadt Troja ausgegraben hat. Es ist sagenhaft gut! Wann Wiebke endlich kommt, weil er ihr daraus vorlesen will.
Am Donnerstag ist sie bei ihm auf der Tenne.
Jetzt im September können sie es wieder gut hier oben aushalten. Die Lampe brennt, es riecht wie immer gut nach Bäcker. Nur Wiebke ist heute anders.
Was sie denn hat? Warum sie so kribbelig ist? Ob sie denn überhaupt zugehört hat?
Natürlich hat sie zugehört. Wenn Paul will, erzählt sie ihm noch mal alles von dem Heinrich Schliemann. Er bekam mit acht Jahren zu Weihnachten das Buch „Weltgeschichte für Kinder". Da war auch ein Bild von der alten Stadt Troja drin, die durch Feuer völlig vernichtet sein sollte.
Der kleine Heinrich hat das nicht geglaubt. Er hat verkündet, er wird Troja ausgraben, später, wenn er groß ist. Und das hat er auch gemacht, obwohl alle ihm gesagt haben, er wird dieses Troja nie finden. Aber er hat es gefunden!
Paul möchte gern weiter vorlesen, wie der Heinrich Schliemann das gemacht hat. Aber es geht nicht. Wiebke ist doch um fünf Uhr mit Vater vor dem Baumarkt verabredet. Er kommt mit dem Auto, direkt vom Büro.
„Ich denke, dein Vater fährt jetzt immer mit dem Bus", sagt Paul.
Ja, seitdem der Aufkleber am Auto ist, bleibt das Auto jetzt

meistens in der Garage. Vater kann mit dem Bus fast bis vor sein Büro fahren. Aber heute will er Holz für ein neues Puppenhaus kaufen.
„Was denn, noch ein Puppenhaus für dich?"
Nein, nicht für Wiebke. Für Monika. Die kommt auch zum Baumarkt. Und wenn Paul Lust hat, kann er doch auch mitgehen.
Mit Monika hat er keine Lust. Wieso Vater überhaupt ein Puppenhaus für sie baut.
Weil es ihm Spaß macht. Und weil ihre Mutter ihn darum gebeten hat.
„Findest du nicht, daß Monika schon ein bißchen alt für ein Puppenhaus ist?"
„Sie ist so alt wie ich", sagt Wiebke. „Und so alt wie du."
Überhaupt, für ein Puppenhaus ist ein Mensch nie zu alt. Das hat ihre Lehrerin, Frau Mare, auch gesagt. Die will nämlich auch eins von Vater.
Woher sie denn weiß, daß Wiebkes Vater solche Puppenhäuser macht?
Von dem Spiel, das sie in der Schule gespielt haben, in Gemeinschaftskunde.
Es ging da um eine Familie. Wiebke war der Vater, Berthold die Mutter und Torsten und Jacqueline die Kinder.
Wiebke ist als Vater immer, wenn er vom Büro kam, in den Keller gegangen und hat an dem Puppenhaus gearbeitet.
Frau Mare wollte wissen, wie sie darauf kommt.
Und da hat sie gesagt, daß ihr Vater es immer so macht.
Sie mußte erzählen von dem Haus und den Puppenmöbeln und dem neuen kleinen Schrank. Monika hat dann gerufen, sie bekommt jetzt auch so eins von Wiebkes Vater.

Da hat Frau Mare an die Decke geguckt, die Hände zusammengelegt und gesagt, sie wünscht sich ihr Leben lang schon ein selbstgebautes Puppenhaus.

Ja, und beim Elternabend hat sie Vater gefragt, ob er ihr eins baut. Und sie ist nicht zu alt dazu, obwohl sie schon ganz schön alt ist.

„Dein Vater war mit zum Elternabend?" wundert Paul sich.

„Ja, das hat er sonst nie gemacht. Wir Kinder durften auch mit. Vater und Mutter haben zwar nichts gesagt und sich nicht gemeldet, aber schön war es trotzdem."

„Mein Vater war noch nie mit zum Elternabend", sagt Paul. „Weil er doch so früh in der Backstube sein muß, wird ihm das immer zu spät."

Wiebke schaut auf ihre Uhr. Sie muß gleich gehen.

Paul spielt mit dem Schuhband an seinem rechten Schuh. Er beschwert sich, daß Wiebke so wenig Zeit für ihn hat.

„Na ja", sagt Wiebke. Sie spielt mit dem Schuhband von seinem linken Schuh. „Vater ist ja jetzt auch wieder da."

Sie kann ihn doch nicht immer allein lassen.

Ob sie denn später Zeit hat?

Da will sie Vater bei dem Puppenhaus helfen. Aber er kann doch kommen. In der Werkstatt ist es gemütlich. Vater hat sie hellgelb gestrichen. Wenn Paul mag, kann er doch ein Vogelhaus bauen.

Er mag nicht. Er will lieber zu Uli und Gert.

Morgen früh sehen sie sich wieder. Zum Brötchenaustragen.

Angebrannte Brötchen
46

Das Brötchenaustragen am nächsten Morgen fällt aus!
Es gibt keine Brötchen, das heißt, es gibt doch welche, aber solche, die keiner haben will. Schwarz, verkohlt und verbrannt, steinhart, zwei Körbe voll.
Bei allen Heiligen, das ist Bäcker Schwertlein zum ersten Mal in seinem Leben passiert.
„Und zum letzten Mal!" schwört er.
Paul grinst ihn unverschämt an. Das glaubt er seinem Vater nicht. Wenn er heute wieder bis in die Nacht mit Mutter streitet, brennen bestimmt die Brötchen morgen früh wieder an.
„Junge, hast du den Streit denn gehört? Warum hast du denn nicht geschlafen?"
„Schlaf du mal, wenn ihr so laut schreit und euch nicht einig werden könnt, ob es nun ein großes Fest oder ein kleines werden soll."
Was für ein Fest er denn meint, fragt Wiebke.
Natürlich Vaters Geburtstag, seinen vierzigsten.
Zu dem Wiebke natürlich kommt und Mutter und Vater und Jonas und Nina. Malu und Samstag, wenn sie wollen. Uli und Gert sind auch eingeladen.
„Dann soll es wohl doch ein großes Fest werden", sagt Wiebke.
Ja, es soll ein großes Fest werden. Aber Vater will kein großes kaltes Büfett aus dem Ratskeller, wie Mutter es vorgeschlagen hat, mit Lachs, Hasenkeulchen, Seezungenröll-

chen. Alles Sachen, vor denen Paul sich grault. Da will er lieber hungern, als so was zu essen.
Vater will Brot und Butter und Schmalz. Ein Meter sechzig lange Brote backt er, so lang ist nämlich der Backofen.
Roggenbrot, Weizenbrot, Zwiebel-, Kümmel-, Sesambrot.
Am Nachmittag soll es Plattenkuchen geben, und natürlich Kromstuten.
Kromstuten kennt Wiebke überhaupt nicht.
Das macht nichts. Den wird sie kennenlernen, an Vaters Geburtstag.
Der wird im Hof gefeiert, wenn es nicht regnet.

47 Das Fest

Es regnet nicht. Der Morgen bringt zwar graue Wolken, die der Wind aber am Nachmittag wegbläst. Er bläst auch die reifen, gelben Birnen vom Baum.
Eine Birne, eine besonders dicke, knallt Herrn Bleumlein, dem Vorsitzenden vom Bäckergesangsverein, auf den Kopf. Gerade als sie das Lied „Geh aus mein Herz und suche Freud!" singen.
Herr Bleumlein erschrickt und sieht mit der zerquetschten Birne im Haar sehr komisch aus.
Paul, Wiebke, Uli und Gert fallen vor Vergnügen fast aus dem Tennenfenster. Von hier oben haben sie den totalen Überblick.
Hübsch sieht das aus da unten und voll. Auf den Holzbänken quetschen sich die Menschen aneinander.

Kannen mit Kaffee und Kakao dampfen auf dem Tisch.

„Schau mal, Wiebke, da drüben ist Pfarrer Hollen, der mich getauft hat."

Sie schaut in die Richtung, in die Paul mit dem Finger zeigt.

„Meinst du den da in dem schwarzen Anzug mit dem Bart?"

„Ne, das ist doch mein Großvater mit meiner Großmutter. Mensch, der ist doch kein Pfarrer."

„Sieht aber so aus."

Es sieht auch so aus, als ob der Kuchenkorb hier oben schon wieder leer ist. Also muß für Nachschub gesorgt werden.

Wer ist dran?

Wiebke!

Was sie denn mitbringen soll?

Vor allen Dingen Kromstuten. Der schmeckt nach Rosinen und Mandeln und Korinthen und Nüssen, und am besten dick mit Butter. Die soll sie gleich draufschmieren.

Aber sie darf sich nicht erwischen lassen von den Erwachsenen. Niemand hat sie bisher hier oben entdeckt.

So soll es auch bleiben.

Wiebke wird aber erwischt, von Mutter. Die sieht in ihrem Spitzenrock ganz lieb aus und hat rote Backen, weil es so warm ist und sie soviel zu tun hat. So lieb, wie sie aussieht, ist sie aber nicht, sogar ziemlich wütend.

„Himmel, wo treibst du dich denn rum?" schimpft sie.

„Und wo sind Uli und Paul und Gert?" Soll sie denn alles allein machen?

Was sie denn machen soll? fragt Wiebke.

Zuerst mal nach Hause fahren, schnell, gucken, ob Vater schon da ist. Er soll unbedingt kommen und helfen.

„Aber du weißt doch, daß er nicht will." Wiebke hat den Streit der Eltern mitbekommen, als Mutter Vater die Einladung von Schwertleins zur Geburtstagsfeier brachte.
Da geht er nicht hin, hat er gesagt. Da sind so viele Leute, die kennt er nicht. Und Schwertleins kennt er eigentlich nur vom Informationstag. Und Stimmung zum Feiern hat er auch nicht, weil ja doch nur getrunken wird. Das weiß er schließlich von früher. Und überhaupt, was soll er denn sagen, wenn gefragt wird, warum er nicht trinkt.
„Daß du alkoholkrank warst und darum keinen Alkohol mehr trinken darfst." Für Mutter ist das kein Problem mehr.
Für Vater doch. Es muß ja nicht jeder wissen.
Muß auch nicht! Es reicht auch, wenn er einfach sagt: „Ich lebe alkoholfrei!"

～

Vater ist vom Büro noch nicht zurück, als Wiebke mit ihrem Rad angesaust kommt. Jonas ist auch nicht da. Aber Nina.
Wenn Mutter so viel zu tun hat, hilft sie natürlich. Ob denn viele Leute auf dem Fest sind?
Ja, sehr viele, bestimmt über hundert.
So viele passen doch gar nicht in den Hof von Schwertleins. Wiebke zieht an ihrer Zopfschleife. „Vielleicht sind es ja auch nur fünfzig", überlegt sie.
Das reicht auch.
Dann aber schnell los. Nina fährt, Wiebke setzt sich auf den Gepäckträger.
Vorher schreiben sie noch einen Zettel. „Sind bei Schwert-

leins auf dem Fest. Brauchen Eure Hilfe, Kommt bitte! Sonst dreht Mutter durch!"

Sonst dreht Mutter durch, wird unterstrichen.

Jonas ist erwachsen 48

Als Wiebke und Paul die Kerzen in den Lampions anzünden, ist Vater endlich da.

„Wir haben schon eine Ewigkeit auf Sie gewartet!" Bäcker Schwertlein haut ihm seine Hand auf die Schulter. Er lacht, und jeder kann sehen, wie sehr er sich über Vaters Besuch freut.

Vater steckt verlegen seine Hände in die Taschen seiner blauen Cordjacke.

Den grauen Anzug hat er mit Mutter gegen den blauen umgetauscht.

Er nimmt die Hände auch nicht aus den Taschen, als ihm Frau Braun, die für das Bierfäßchen zuständig ist, ein volles Glas reichen will.

„Spinnt die denn?" Wiebke vergißt, Atem zu holen. Was macht Vater jetzt?

Er schüttelt den Kopf. Lächelt ein bißchen und sagt etwas, was Wiebke nicht versteht, weil sie zu weit von ihm entfernt an der Teppichstange steht.

Frau Braun scheint ihn aber zu verstehen. Sie lächelt auch, dreht sich um und gibt das volle Glas einem anderen Gast.

„Verflixter Hühnermist!" schimpft Paul. „Die Teppichstange ist zu hoch, ich komme an die Lampions nicht ran. Jetzt brauchen wir doch noch eine Leiter!"

„Brauchen wir nicht!" Wiebke ruft Vater. Und er ist sichtlich froh, daß er gerufen wird.

Mit ihm geht das Lampionanzünden ganz leicht. Er ist ja groß.

Mutter wartet auch schon auf seine Hilfe. Brot muß geschnitten und mit Schmalz beschmiert werden, und das Faß mit Apfelsaft muß auf den Tisch gehoben werden.

Und Wiebke soll nicht rumstehen. Frau Schwertlein hat schon nach ihr gefragt. Der Brei für die Zwillinge ist fertig, ob sie ihr beim Füttern hilft.

Eva und Marie sind schrecklich aufgedreht. Hoffentlich schlafen die beiden überhaupt heute abend.

Eva ja. Marie nicht. Sie schreit so lange, bis Frau Schwertlein sie aus dem Bett holt.

Da sitzt sie auf Ninas Schoß, lacht und schäkert und kaut an einem Stück Brotrinde. Marie kräht vor Freude beim Laurentia-Spiel, und als Herr Bleumlein auf seinem Schifferklavier „Kein schöner Land in dieser Zeit" spielt, streckt sie beide Hände nach Wiebke aus.

Marie ist so weich wie Malu und riecht beim Küssen nach Pfirsichen. Plötzlich ist sie müde. Eben hat sie Wiebke noch in die Backe gebissen. Jetzt stopft sie ihren Daumen in den Mund und schläft. Frau Schwertlein bringt sie ins Bett.

Wiebke zieht Paul von der Bank. Sie will zu Vater.

Der sitzt bestimmt schon über eine Stunde bei einem weißhaarigen Herrn. Sie reden und reden.

Worüber die wohl reden?

„Bestimmt über Alkohol!"
„Über Alkohol?"
Ja, weil Onkel Heribert, so heißt der weißhaarige Herr, nämlich keinen trinkt.
Ob er denn auch alkoholkrank ist?
„Nein, das ist er nicht. Nur, er mag keinen Alkohol. Bestimmt ist er heute froh, daß er einen gefunden hat, der auch keinen trinkt."
„Er sieht sehr lustig aus", sagt Wiebke.
„Er sieht nicht nur so aus, er ist es auch." Von ihm hat Paul das Buch über Heinrich Schliemann. Er reist viel, war sogar schon in Troja.
Onkel Heribert freut sich, Wiebke kennenzulernen. „Der Apfel fällt nicht weit vom Stamm", sagt er und meint damit, daß Vater und Tochter sich sehr ähnlich sehen.
Wiebke rutscht auf Vaters Schoß. Sie mag es, ihm ähnlich zu sein.
Vater streichelt ihr die Knie, wiegt sie nach der Musik hin und her. Paul steht dabei und zieht an seinem Pinguin-Pullover.
„Solche Viecher wie auf deinem Pullover haben wir auch bei uns im Zoo", sagt Onkel Heribert. Er fragt, ob Paul nicht mal wieder zu ihm nach Berlin kommen will.
Paul nickt. Das möchte er gern, aber nur, wenn Wiebke auch mitkommen darf.
Ja, sicher darf sie.
Will sie denn überhaupt? Nach Berlin mit Paul?
Sie weiß nicht. Es ist grad so schön auf Vaters Schoß. Außerdem hat Vater ihr schon lange eine Reise nach Berlin versprochen.

Onkel Heribert lacht. Das ist ja grandios und überhaupt die Idee. Dann kann er Vater ja in Berlin wiedersehen. Er muß unbedingt kommen, am besten mit der ganzen Familie. Seine Wohnung ist groß genug, viel zu groß für ihn und seinen Kater Maximilian.
Ob er kommt?
„Ja, vielleicht!" Vater spielt mit Wiebkes Zopf.
„Aber vorher soll Onkel Heribert uns besuchen", sagt Wiebke.
Wo sie denn wohnen?
In der Tannenallee, nicht weit von hier, im letzten Haus. Da, wo der hohe braune Zaun drumherum ist, immer noch, obwohl Vater schon lange versprochen hat, ihn umzuhauen und eine Himbeerhecke zu pflanzen.
Sie drückt seine Backen, reibt ihre Stirn an seiner, fragt, wann denn endlich, endlich der Zaun verschwindet.
„Bald", sagt Vater.
„Hallo!" Jonas ist plötzlich da. Wo Nina ist?
Nina tanzt mit Herrn Schwertlein.
Ob er sich nicht setzen will? – Vater rückt auf der Bank ein Stück zur Seite.
Nein, er will sich nicht setzen. Er ist nur gekommen, um Nina abzuholen.
Er soll doch ein bißchen bleiben. Sie können doch später alle zusammen nach Hause gehen.
Nein, Jonas schläft heute abend bei Nina. Er bleibt auch am Samstag und Sonntag bei ihr.
Sein Gesicht wird hell, als er Nina sieht. Lachend, atemlos, zerzaust vom Tanzen mit Herrn Schwertlein kommt sie angelaufen. – Sie will weitertanzen, mit ihm, Jonas.

Er wehrt sich.

„Komm, nur einen Tanz, dann gehen wir!" Sie nimmt seine rechte Hand, öffnet seine Faust, küßt ihn mitten in die Handfläche und zieht ihn mit.

„Daß sie schon einen so großen Sohn haben", wundert sich Onkel Heribert. „Der ist ja richtig erwachsen."

„Ja", sagt Vater. „Er ist erwachsen." Er sagt das so, daß es Wiebke traurig macht.

Sie rutscht ein Stück tiefer in seine Arme und will schlafen.

Als sie aufwacht, liegt sie zu Hause in ihrem Bett. Malu an ihrer Seite.

Die Sonne hat sie geweckt. – Der Krach!

Hämmern, Schlagen, Hauen! Sie springt auf, rennt zum Fenster.

Vater reißt den Zaun ein. Da, wo das Gartentor ist, liegen die braunen Holzlatten schon am Boden.

„Vater!" ruft Wiebke. „Ich wollte dir doch helfen!"

Er winkt. „Dann komm doch!"

„Ja, aber vorher will ich zu Paul." Er soll dabeisein, wenn sie den Zaun abreißen, wenn sie die Himbeerhecke pflanzen und wenn sie die Himbeeren pflücken, süß und weich, im nächsten Jahr, im Sommer.

ERZÄHLUNG

Gudrun Pausewang

Friedens-Geschichten

RTB | 2024

Frieden beginnt dort, wo Menschen gelernt haben, richtig miteinander zu leben. Diese Erkenntnis steckt in den 10 Geschichten, die davon erzählen, wie Streit, ja wie ganze Kriege entstehen können, aber auch, wie die Menschen sich wieder vertragen und wie sie Frieden schließen könnten.
ab 10

Angelika Mechtel

Die Reise nach Tamerland

RTB | 2027

In Tamerland erfährt Emma, was es bedeutet, fremd zu sein. Nichts ist so, wie sie es gewohnt ist. Man lacht nicht und man weint nicht. „Habt ihr denn gar keine Gefühle?" fragt Emma. Eine phantastische Erzählung über Emma, Tamerland und Yüksel aus der Türkei.
ab 10